Jelle & Minke
Hieke van der Werff

Hieke van der Werff

JELLE & MINKE

Met illustraties van Jeska Verstegen

De Vier Windstreken

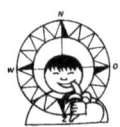

© 2007 De Vier Windstreken, Rijswijk
Tekst van Hieke van der Werff
Omslag en Illustraties van Jeska Verstegen
Alle rechten voorbehouden. Printed in The Netherlands
NUR 272, 274 / ISBN 978 90 5579 857 5

Niets uit deze uitgave mag worden verveelvoudigd en/of openbaar gemaakt door middel van druk, fotokopie, microfilm of op welke andere wijze dan ook zonder voorafgaande schriftelijke toestemming van de uitgever.

Bezoek ons ook op internet: www.vierwindstreken.com

Inhoud

Kabouters	11
Toverpillen	16
Ezels die miauwen	21
Een spook met een pleister	25
De laptop	30
Bijzondere broodjes	34
Iedereen een prik	38
Een auto-ongeluk	43
Wortels en brokjes	47
De bovenburen	54
Jelle heeft een geheim	59
Verrassing	67
Achter de schutting	74
Koninginnedag	82
Opa Tuinboon	90
Vier opa's en vier oma's	96
Circus	101
Verdwaald in de dierentuin	105
Jelle wil niet naar bed	110

Kabouters

Minke en Jelle lopen achter elkaar in de tuin over het gras. Maar ze lopen niet gewoon. Ze trekken hun knieën hoog op en zetten hun voeten heel voorzichtig neer. Ze lopen met een kromme rug en houden allebei iets vast. Minke heeft een vergrootglas in haar hand; Jelle een verrekijker.

"Moeten we nog steeds sluipen?" vraagt Jelle.
"Ja, natuurlijk! Je wilt toch zeker geen kabouter plat trappen!"
"Maar zijn ze er dan echt?" Jelle weet, dat Minke vaak dingen verzint. Meestal vindt hij dat wel leuk, maar nu wil hij graag rennen.
"Sst!" doet Minke. "Ik zag wat... dáár, onder die plant."
Ze wijst naar een grote plant met rode bloemen.
"Stilstaan," commandeert ze fluisterend. Ze buigt zich voorover en kijkt door het vergrootglas naar de grassprieten. Jelle heeft net zijn ene been opgetrokken, als Minke zegt dat hij moet stilstaan.
Hij durft zijn voet niet neer te zetten.
"Ik kan niet... ," begint hij.
"Ssst," doet Minke opnieuw.
Benauwd zegt Jelle: "... lang op één been..."
Plof! Jelle valt met een dreun op de grond voor hij uitgepraat is.
"Hè, nou schrikken de kabouters!" zegt Minke boos.

Jelle blijft stil zitten en kijkt door zijn verrekijker. Hij ziet helemaal niets; alles is erg wazig, net een dikke mist. Hij draait aan het knopje op de verrekijker.

Het beeld wordt nu steeds scherper. Ineens ziet hij een erg grote plant. "Ja!" zegt hij enthousiast.
"Zie je er één?" vraagt Minke.
"Nee, ik zie een plant. Die is nou heel groot!"
"Oh," zegt Minke. Ze tuurt opnieuw naar de plant. "Kijk dáár!" roept ze ineens. "Ik zag een rood mutsje onder de schutting door gaan."
Jelle kijkt waar Minke wijst, maar hij ziet niets. Hij ziet alleen het groene gras en een bruine schutting.
"Je verzint maar wat," moppert hij.
"Nee, wacht maar, misschien komt hij zo terug."
Ze wachten wel een minuut, maar er gebeurt niets.
"Er is helemaal geen kabouter," moppert Jelle.
"Nog even wachten!" zegt Minke. "Je moet geduld hebben."

Jelle draait de verrekijker achterstevoren en kijkt door het grote glas.
Hij ziet Minke nu heel ver weg zitten. Wat gek, want ze zit eigenlijk vlak bij hem. Hij laat zijn hand wapperen. Dat is gek, hij kan haar toch raken. Hij wappert nog een keer.
"Au!" zegt Minke. Ze wil een klap terug geven, maar

Jelle springt op en rent weg. Als hij achterom kijkt, ziet hij Minke nog zitten. Ze kijkt door haar vergrootglas.

Jelle gaat naar binnen. Zijn vader zit in de keuken.

"Ah, ben je daar al weer?" vraagt hij.

"Waar is Minke?"

"Die zit in het gras te wachten."

"Oh, waarop? Op de bus?"

"Nee, tot de kabouter terugkomt. Ze zag hem onder de schutting doorschieten.

"Ah, zo," zegt Jelles vader. "Wil je een tosti?"

"Já!" antwoordt Jelle enthousiast.

Even later zit hij van zijn tosti te smikkelen.

Minke komt binnen.

"Zó," zegt Jelles vader. "Veel kabouters gezien?"

"Ja, twee." Minke kijkt naar Jelle om te zien of hij het wel hoort. Jelle kijkt aandachtig naar zijn tosti.

Minke ontdekt dan pas wat Jelle heeft.

"Mag ik een hapje?" vraagt ze.

"Ik zal er één voor je maken," zegt Jelles vader en hij staat op.

Minke gaat bij Jelle staan. "Mag ik een hapje?" vraagt ze nog een keer.

"Nee, je krijgt zo."

"Doe niet zo flauw!" zegt Minke.

"Weet je wat jij moet," zegt Jelle, terwijl hij weer een hap neemt.

"Nou?"

"Mmmm..." Hij kauwt heel lang op zijn tosti. "Een beetje geduld hebben."

Toverpillen

Jelle en Minke zitten aan tafel. Ze maken allebei een tekening. Jelle tekent een bruin monster, Minke kleurt een regenboog. Jelle drukt erg hard met het kleurpotlood. Krak, de punt breekt af.
"Ik zal hem voor je slijpen," zegt Minke. Voordat Jelle kan protesteren, steekt ze het potlood in een puntenslijper. Ze draait en draait, maar de punt breekt opnieuw af. En even later nog een keer. Jelle is het wachten zat. "Zullen we wat anders doen?" stelt hij voor.
"Weet je wat," zegt Minke. "We gaan heel veel punten maken. Van alle kleuren!"
"Ja!" zegt Jelle. "Dan zijn het pillen! En zijn wij de apotheker."
"Kunnen we ze aan zieke mensen verkopen," zegt Minke. "Het zijn toverpillen. Ze maken zieke mensen weer beter."

Enthousiast gaan ze samen aan de slag. Minke zoekt nog een puntenslijper en Jelle haalt lege potjes uit de keuken. Hij vraagt zijn moeder om lege flesjes waar druppeltjes in gezeten hebben. Ze slijpen heel veel punten: groene, oranje, blauwe, rode, gele, bruine en paarse.

Jelle stopt de rode punten in een flesje en doet er wat water bij. "Dit is een drankje tegen de griep," zegt hij. Jelle en Minke hebben het zo druk, dat ze er rode wangen van krijgen.

Op tafel liggen al heel veel bergjes punten. "Nu komen de zieke mensen," zegt Minke.
"Goed," zegt Jelle. "Ik eerst!" Hij loopt de kamer uit en komt even later weer naar binnen. Hij heeft een pet opgezet. Met zijn linkerhand ondersteunt hij zijn rechter elleboog.
"Dag meneer", zegt Minke beleefd. "Zegt u het maar."
"Ik ben met de fiets gevallen. Mijn arm doet heel erg pijn. Hebt u iets voor mij?"

"Ja, ik heb deze gele toverpillen. Die zijn heel goed voor een zere arm. Alstublieft."

"Dank u wel," zegt Jelle. Hij pakt de pillen aan en legt zogenaamd geld neer. Hij draait zich om.

"Dààg," zegt hij.

"Dààg. Nu ik," zegt Minke.

Op dat moment komt de moeder van Jelle binnen. Ze ziet de kleurpotloden op tafel. Die zijn allemaal heel erg klein geworden. En daarnaast liggen hoopjes punten. Ze wil eerst boos worden, maar dan ziet ze de potjes en flesjes en de apothekers Jelle en Minke.

"Oh, ik heb toch zo'n buikpijn," speelt moeder. Ze kreunt en buigt zich voorover. "Hebt u misschien iets voor mij?"

"Ja," antwoordt Minke. "Kijk, dit flesje met groene pillen tovert buikpijn weg."

"Oh, wat fijn," zegt moeder. Ze doet net alsof ze een pil inslikt. Ze gaat weer kaarsrecht staan en glimlacht. "Mmm, ja, ik voel me weer helemaal beter! Dank u wel!"

"Zullen we nu naar buiten?" roept Jelle. Hij loopt al naar de deur.

"Ho, mijnheer, even wachten. U moet nog wel even uw apotheek opruimen," zegt zijn moeder. Jelles gezicht betrekt.

"Je maakt mij er heel blij mee!" zegt moeder. "Want dan kan ik de tafel dekken voor het eten."

Jelle gaat hard aan het werk. Minke helpt vanzelf mee. Ze doen alle punten in doosjes en flesjes. En die gaan in een schoenendoos. De kleurpotloden stoppen ze in een etui. Minke veegt met een doek de tafel schoon.

"Klaar!" roept ze vrolijk.

"Ook klaar!" roept Jelle.

"Hartstikke mooi," zegt Jelles moeder. "Dank jullie wel."

Jelle en Minke rennen achter elkaar aan de kamer uit.

Ezels die miauwen

Het is zeven uur in de avond. Jelle speelt bij Minke. Minke vraagt aan haar moeder of het al bedtijd is. Want Jelle blijft slapen. Dat vindt Minke heel erg leuk. Om de paar minuten vraagt ze opnieuw of het al bedtijd is.

Eindelijk, eindelijk is het dan zo ver. Minke en Jelle gaan naar boven. Minke kijkt mee in de tas van Jelle. Er zitten een pyjama, schone kleren, een knuffel en een tandenborstel in. Ze gaan samen tanden poetsen. Als ze in bed liggen, leest Minkes moeder een verhaaltje voor. "Welterusten!" zegt ze dan.

Maar Jelle en Minke gaan helemaal niet slapen. Ze praten en praten. Ze verzinnen heel gekke dingen.
"Hoe heet een koe die kwaakt?" vraagt Minke.
"Een koeker!" zegt Jelle.
"En hoe heet een ezel die miauwt?" vraagt Jelle.
"Een mezel!" roept Minke. Jelle en Minke moeten steeds harder lachen. Ze praten luider en luider.
"Hoe heet een hond die knort?" vraagt Jelle.
"Een kont!" zegt Minke. "Een kont! Een knorrekont!"
Ze gillen van het lachen. Minkes moeder komt zeggen, dat ze nu echt moeten gaan slapen. Door hun lawaai kan Karin, Minkes zus niet slapen.

Maar als moeder weg is, beginnen ze opnieuw te fluisteren. Ze moeten weer om elkaars grapjes lachen. En ze zijn helemaal niet moe. Binnen een minuut

zijn ze Karin al weer vergeten. Ze doen een dansje op het bed. Ze hebben dolle pret. Ze springen en gooien hun kussens en knuffels naar elkaar.
Ineens staat Minkes moeder weer in hun kamer.
Nu is ze boos. Ze zegt, dat het al tien uur geweest is.

Minke moet in een bed in een andere kamer slapen. Ze gaat met haar moeder mee en kruipt in het bed. Jelle en Minke zijn allebei stil. Ze liggen allebei nog even wakker, ieder in hun eigen kamer. Maar als ze in slaap vallen, dromen ze mooie dromen. Over ezels die miauwen en honden die knorren.

Een spook met een pleister

Jelle en Minke spelen in de tuin, als het ineens hard begint te regenen. Jelles moeder komt naar buiten rennen en haalt het wasgoed van de waslijn.
"Jelle, doe je de schuurdeur voor me open?" roept ze.
Achterin de tuin staat een grote schuur. Een schuur met fietsen, verfblikken, tuinstoelen, dozen met rommel, potten en oude pannen.
Jelle doet snel de deur open en samen met Minke vliegt hij naar binnen. Ook Jelles moeder komt met een paar lakens de schuur in. Zelfs de poes komt naar binnen rennen. Die springt op de kussens van de tuinstoelen.
"Bijna droog," zegt Jelles moeder, terwijl ze aan de lakens voelt. Ze hangt ze over een lijn heen. Ze gaat daarna weg, rent door de tuin heen en vlucht hun huis in. Minke kijkt naar de lakens. Ze zijn zachtgeel, bijna wit.
"Zullen we spookje spelen?" stelt ze voor. Jelle knikt. Hij trekt een laken van de lijn af.
Samen kruipen ze onder het laken.
Ze roepen "boe" en "whaah".

"Zo is er niks aan," zegt Jelle. "Nu ben ik alléén spook. Jij ligt daar op de stoel te slapen en schrikt dan."

Minke gaat in een tuinstoel zitten en doet alsof ze slaapt. Jelle loopt een eindje weg en doet het laken over zich heen. Hij begint voorzichtig te lopen.
"Boehoe," begint hij zachtjes. "Whaaah," doet hij iets harder.
Minke doet haar ogen open en ziet een wit gevaarte aan komen lopen.
"Help!" roept ze. "Een spook!"
Jelle gooit het laken van zich af. "Ha, ha, ik was het." Minke wist dat natuurlijk wel, maar ze doet alsof ze opgelucht is. "Oh, gelukkig!" zegt ze. "Nu ik."

Jelle gaat in de stoel zitten en sluit zijn ogen. Minke doet het laken over haar hoofd. "Ik ben een spóóóóóók," galmt ze. Ze roept "Whaah!" en wil naar Jelle toe lopen. Maar ze gaat de verkeerde kant op en struikelt ineens ergens over. Minke valt hard op de grond.
Het laken zit nog over haar hoofd en ze voelt zich ineens bang. Van schrik begint ze te huilen. Jelle

komt naar haar toe en haalt het laken van haar hoofd af.

"Heb je pijn?" vraagt hij lief.

"Jaha," huilt Minke. Ze doet haar broekspijp omhoog. Ze zien een geschaafde knie met een druppeltje bloed.

"Zullen we een pleister halen?" stelt Jelle voor.

Ze gaan naar Minkes moeder toe.

"Het spook was gevallen," roept Jelle.

"Het spook?" vraagt Minkes moeder verbaasd.

"Ik was spook," zegt Minke.

Dan gaat er bij moeder een lichtje branden. "Hebben jullie het laken gebruikt?" vraagt ze. Jelle en Minke knikken.

Minke krijgt een pleister op haar knie.

"Zo, nu hebben we een spook met een pleister," zegt Minkes moeder. Ze loopt weg en haalt het laken uit de schuur op. Het zit onder de bruine vegen. Moeder kijkt niet vrolijk. "Zullen wij het wassen?" stelt Minke voor.

"Ja, helpen jullie maar om het in de machine te doen." Jelle en Minke stoppen samen het grote laken in de

wasmachine. Ze mogen ook het wasmiddel in het bakje doen. "Zo, nou wordt het weer mooi," zegt Minke.
Jelle staat met twee pleisters in zijn handen.
"Zullen we doktertje spelen?" vraagt hij.

Laptop

Jelle en Minke zitten samen op de bank. Ze kijken naar een dvd van hondje Dribbel. Jelles vader zit aan tafel met zijn laptop. Hij zit te typen. De bel van de voordeur gaat.
"Jelle, doe jij open?" vraagt vader.
Maar Jelle hoort hem helemaal niet. Hij ziet en hoort alleen maar Dribbel. Zuchtend staat vader op en loopt naar de voordeur. Het is de buurman van boven die hem vraagt om te helpen tillen. Hij heeft een nieuwe kast gekocht. Jelles vader doet zijn jas aan en gaat naar buiten. Het filmpje van Dribbel is afgelopen en Jelle springt van de bank.
"Hé, de computer!" zegt hij tegen Minke. "Ik kan mijn naam al typen. Wil je dat zien?" vraagt hij.
"Ja!" antwoordt Minke enthousiast.

Ze gaan samen voor de laptop zitten. Jelle drukt aandachtig vijf toetsen in. Hij heeft dit al eerder geoefend.
"Dat kan ik ook," zegt Minke. "Ik kan al een heel

verhaal over Dribbel typen," schept ze op. Ze laat haar vingers snel over allerlei toetsen gaan. Ze vertelt hardop: "Dribbel rent over straat. Hij stapt per ongeluk met zijn pootje in de …"
"Nee, joh, hou nou op! Niet doen!" waarschuwt Jelle. Hij ziet rijen letters op het beeldscherm verschijnen. Hij duwt met zijn elleboog tegen Minke aan. Minke typt vrolijk verder en probeert alle toetsen uit. Ineens gebeuren er vreemde dingen op het beeldscherm. Een stuk wordt eerst zwart en dan zijn heel veel letters verdwenen. Op dat moment hoort Jelle de buitendeur opengaan.

"Kom, wèg!" zegt hij snel. "Ik mag niet op de laptop."
Jelle en Minke vliegen bij de laptop weg en rennen naar Jelles speelhoek.

Jelles vader komt binnen en gaat voor zijn laptop zitten. Hij kijkt naar het scherm en fronst zijn wenkbrauwen. "Wat is dit nou?" zegt hij hardop. Hij zegt een lelijk woord. "Jelle!" roept hij boos. "Kom hier!"
Jelle en Minke lopen langzaam naar Jelles vader toe.
"Ontken het maar niet," zegt hij boos. "Hier staat jouw naam. Zie je wel?" Hij wijst naar het scherm.
"Ik wilde alleen maar aan Minke... ," begint Jelle.
"Wat was onze afspraak?"
"Ik mag niet op jouw laptop."
"Precies."
"Kijken jullie maar eens wat ik nu allemaal moet doen." Jelle en Minke kijken toe hoe Jelles vader van alles op de laptop doet.
"Dit is een belangrijke brief. Ik ben nu een heel stuk kwijt," moppert hij. Opnieuw drukt hij op allerlei toetsen.
Jelle en Minke blijven wachten. Het duurt heel lang. Ze durven niet goed weg te lopen. Minke haalt heel diep adem. Zachtjes begint ze te praten.

"Ik had op alle knoppen gedrukt," bekent ze. "Jelle had alleen zijn naam getypt."
Jelles vader kijkt opzij. Hij kan weer glimlachen. "Dat is eerlijk van jou om dat te vertellen," zegt hij. "Jullie wilden dus graag woordjes typen."
Ze knikken. "Een verhaal over Dribbel," legt Minke uit.
"Kom maar mee," zegt vader. Jelle rent voor zijn vader uit naar de studiekamer, waar nog een computer staat. Even later zitten Jelle en Minke samen voor de computer.
"Hier mogen jullie op alle letters drukken, leergierige aapjes," zegt Jelles vader. Zijn stem klinkt vriendelijk. "Maar...?" zegt hij, terwijl hij wegloopt.
"Ik kom niet meer aan je laptop," zegt Jelle.
"Ik ook niet," zegt Minke.

Bijzondere broodjes

Bij Minke thuis hangen slingers in de kamer. Minkes moeder is jarig en vandaag komt de hele familie op bezoek. Minke en Jelle hebben meegeholpen om de kamer te versieren.
Nu staan haar ouders in de keuken allerlei lekkers klaar te maken. Een taart wordt in stukken gesneden en een cake in dikke plakken.
"Nu de broodjes nog," zucht moeder. Ze pakt allerlei beleg uit de koelkast.
"Jongens, gaan jullie ergens anders spelen," bromt Minkes vader.
"Maar wij willen helpen," zegt Minke.
"Ja!" sluit Jelle zich bij haar aan.
Minkes vader twijfelt even. Hij kijkt om zich heen.
"Oké, dan doen jullie beleg op de broodjes. Ga maar hier aan tafel zitten." Jelle en Minke zitten binnen een paar tellen aan tafel. Ze krijgen ieder een bord, een mes en een bakje met beleg voor hun neus.
"Jelle de kip-kerrie," zegt Minkes vader. "En Minke doet de tonijnsalade. Kijk, ik zal er één voordoen,

kunnen jullie zien hoe dik het beleg moet." Jelle en Minke kijken nieuwsgierig toe. Daarna gaan ze zelf aan de slag. Ze doen lekkere dikke klodders op de broodjes.

"Hé, niet aan het mes likken," roept Minkes moeder. "Dat is niet fris." Ze pakt het mes van Minke en houdt het even onder de warme kraan. Na een poosje hebben ze zes broodjes klaar. Eén schaal is helemaal vol. "Zet die maar in de studeerkamer," zegt vader. "Daar is het lekker koel." "Ikke!" zegt Minke snel, als ze ziet, dat Jelle de schaal wil pakken.

Ze tilt de schaal op en loopt naar de keukendeur. Jelle doet de deur voor haar open. Minke loopt voorzichtig naar de studeerkamer. Jelle blijft achter haar lopen. Minke wil zelf de deur opendoen. Ze doet haar knie omhoog en laat de schaal op haar knie rusten. Ze doet de deurknop omlaag en duwt de deur open. Ze stapt over de drempel. Op hetzelfde moment gaat de schaal helemaal scheef. De broodjes glijden van de schaal af. "Nee!" roept Minke.

Ze kan ze niet meer tegenhouden. De broodjes vallen precies in de prullenmand die daar staat. Verschrikt kijken Jelle en Minke in de prullenmand. De broodjes liggen tussen klokhuizen van appels, bananenschillen en proppen papier. Minkes vader komt eraan. Hij ziet Jelle en Minke beteuterd kijken.

"Wat is er?" vraagt hij. Maar hij ziet al wat er gebeurd is. Heel even betrekt zijn gezicht, maar dan moet hij lachen. "Nou hebben we prullenmandbroodjes," lacht hij. "Sommige zijn nog wel goed, hoor," gaat hij verder. "Die eet ik zelf wel op."

Vader haalt voorzichtig een paar broodjes uit de prullenmand en legt ze weer op de schaal.

"Nou, wat staan jullie hier nog! Er is werk aan de

winkel: nieuwe broodjes maken! Snel naar de keuken." Later die dag zitten ze met de hele familie in de kring. Iedereen zit met een broodje in de hand. Minkes vader loopt even weg om voor zichzelf een broodje te halen. "Mmm, die is lekker," zegt hij. "Tonijn-appelsalade!" Hij knipoogt naar Minke.

"Oh, is dat weer een nieuwe smaak?" vraagt oma.
"Ja," zegt Minke. "Die heb ik bedacht!"

Iedereen een prik

Minke staat met haar jas aan voor het raam. Ze wacht op Jelle en zijn moeder. Ze gaan met zijn vieren op stap. Ook haar eigen moeder gaat mee.
Maar Minke kijkt niet vrolijk. Ze heeft eigenlijk geen zin in dit uitstapje.
"We gaan naar een grote hal," heeft haar moeder uitgelegd. "Want heel veel grote mensen en kinderen krijgen een prik. Iemand in de buurt heeft de ziekte tbc en nu willen ze kijken of wij het misschien ook hebben."
Minke wil helemaal geen prik. Dat vindt ze pijn doen.
Ze ziet de auto van Jelles ouders aankomen.
"Mam, ze komen eraan!" roept ze en langzaam loopt ze naar de deur.

In de auto begint Jelle meteen tegen Minke over de prik te praten. "Het doet maar heel even pijn. Je zegt "au" en dan is het klaar."
"Ja, het is zo gepiept," zegt ook zijn moeder. Minke is stil. Het lijkt haar maar niks.

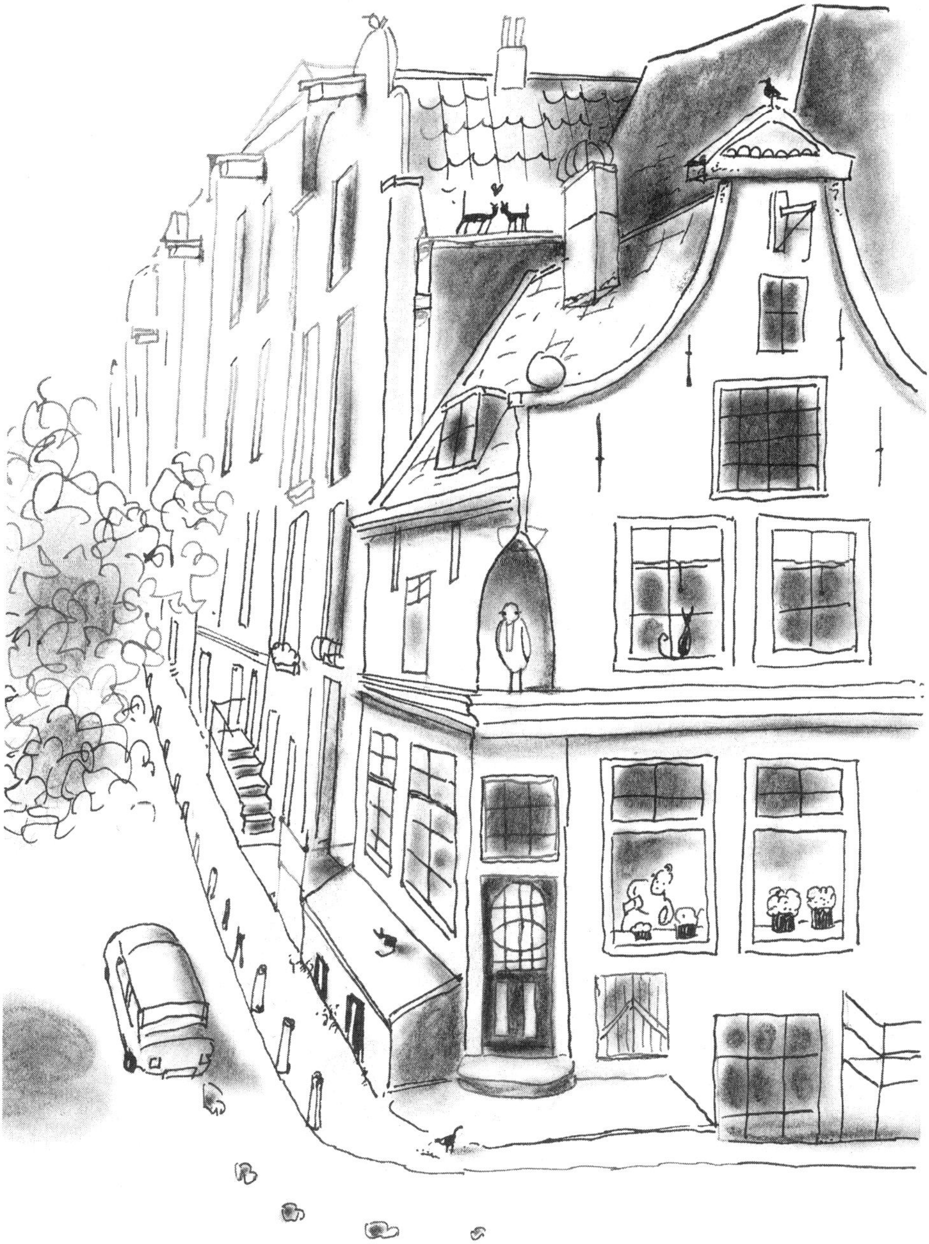

Ze wil geen prik. Ze voelt zich helemaal niet lekker in haar buik. Jelle praat aan één stuk door, maar zij zegt niks.
"Als ik niet huil, krijg ik een kadootje," zegt hij.
Minkes moeder kijkt achterom.
"Nou, Minke-pinke, jij krijgt van mij wat lekkers. Ook al laat je een traantje."
Jelles moeder kijkt verbaasd opzij.

Even later zijn ze in een grote hal. Het is er enorm druk. Er staan rijen mensen te wachten. Minke geeft haar moeder snel een hand. Haar moeder buigt zich naar haar toe.
"Even flink zijn. Ik houd ook niet van prikken, maar het is zo voorbij."
Minke knikt. Ze ziet Jelle in een andere rij staan. Hij staat nog voluit te babbelen. Minke hoort verderop kinderen huilen. Ze voelt zich een beetje misselijk. Als ze aan de beurt zijn, gaat Minkes moeder eerst.
"Kijk, als de naald komt, kijk ik gewoon even de andere kant op."
De verpleegster pakt een injectiespuit en geeft moeder een prik in haar arm. Minke hoort opnieuw

verderop een paar kinderen hartgrondig huilen.
"Nee, ik wil niet!" zegt ze ineens. Ze draait zich om. Haar moeder pakt haar snel vast.
"Toe, het moet echt even. Denk maar alvast aan wat lekkers."
"Zo. Krijg jij wat lekkers?" vraagt de verpleegster. Ze pakt zachtjes Minkes arm en maakt ondertussen een plekje op haar arm schoon.
"Wat vind je lekker?"
"Chocola... en... Au!" roept ze dan.
De verpleegster heeft de naald al in haar arm gedaan.
"Zie je. Het is al gebeurd!" zegt haar moeder.
"Ja," zegt Minke opgelucht. De verpleegster doet een pleister op haar arm.
Dan ziet ze Jelle verderop staan. Hij heeft tranen in zijn ogen. Ze gaat naar hem toe.
"Deed het pijn?" vraagt ze lief. Jelle knikt. Minke geeft hem een kusje op zijn wang.
"Wat zijn jullie moedig geweest," zegt Minkes moeder. "Zullen we onszelf trakteren?!"
"Jáá!" roept Minke. Haar buikpijn is weer helemaal over.
Jelle staat er nog witjes en stilletjes bij.

"Omdat we alle vier zo moedig waren!" zegt Minkes moeder.
"Ja, wij zijn moedig, Jelle," vindt Minke nu ook.
Jelle knikt. Trots gaan ze achterin de auto zitten.

Een auto-ongeluk

Jelle houdt met zijn hand een grote, rode vrachtauto vast. Hij laat hem door de hele kamer rijden. Met blokken heeft hij een lange weg aangelegd.
"Broem, broem," klinkt het. De vrachtwagen stopt bij een stapel stokjes en blokjes. Jelle laadt hem vol en gaat opnieuw met de vrachtwagen op weg.
Hij kruipt de hele kamer door en aan de andere kant kiept hij de spullen van de vrachtwagen af.
Minke zit halverwege de kamer op de grond.
Daar staan naast een poppenhuis verschillende auto's. Ze pakt een blauwe auto en rijdt hem voor het huis. Ze praat hardop in zichzelf.
"Zo, Kim, ga je mee? We gaan naar de dierentuin. Leuk hè?"
"Ja!" antwoordt ze met een heel hoog stemmetje.
Minke pakt twee poppetjes uit het poppenhuis. Ze laat ze naar de auto lopen en ze stappen in.
"Zo, ik zal de gordel bij je omdoen," zegt het moederpoppetje. "Daar gaan we. Naar de olifanten, de apen en de tijgers."

"Ja, leuk mama," zegt Minke met een ander stemmetje. "Zijn er ook beren?"

"Ja, hoor, en papegaaien en ..."

"Broem, broem." Jelle komt hard van de andere kant af op hen af rijden. De weg is niet breed. Hij is te smal voor twee auto's.

"Hé!" roept Minke. Maar het is al te laat. Jelle botst hard met zijn grotere vrachtwagen tegen de auto van Minke aan. De auto valt opzij en de poppetjes vallen eruit.

"Néé!" roept Minke. "Nou zijn ze gewond."

"Eigen schuld," zegt Jelle. "Het is mijn weg."

Minke wordt boos. "Nee, de weg is ook van mij. Hij is van iedereen. Dat is buiten toch ook zo!"

Ze kijkt zoekend door de kamer. Ze is blij als ze een politieauto ontdekt. "Ik bel de politie," zegt ze. "Politie, wilt u komen? Er is een ongeluk gebeurd."

Even later stopt er een politieauto bij Jelles vrachtwagen. "Meneer, u moet meekomen," zegt Minke.

"Hoepel op," zegt Jelle. Hij rijdt hard weg.

"Je bent niet leuk!" gilt Minke hem na. Ze begint met haar hand de blokken van de aangelegde weg opzij te vegen.

"Zo, nou is er lekker helemaal geen weg meer!" roept ze. "Niet doen!," roept Jelle kwaad. Hij pakt een blok om ermee te gooien.

Minkes vader komt op het gegil af. "Wat is hier aan de hand?" vraagt hij.

Minke vertelt opgewonden haar verhaal. "En wat vind jij?" vraagt hij daarna aan Jelle.

"Ik had de weg voor mijn auto gemaakt." "Tja, maar als er zo'n mooie weg ligt, wil iedereen er natuurlijk graag op," zegt Minkes vader. Jelle knikt. Hij begrijpt het wel.

"Hoe kan je ervoor zorgen dat jullie allebei op de weg kunnen en niet botsen?" vraagt Minkes vader.

"Mmm, dan moet de weg breder!," zegt Jelle.

"Ja," zegt Minke.

"Zullen we hem breder maken?" Ze gaan meteen aan de slag en vader loopt weer weg.
"Hé, Kim ligt daar nog gewond!" bedenkt Minke ineens.
"Zal ik met een ziekenauto komen?" vraagt Jelle.
"Ja, da's goed. Met een ambulance. Met sirene!"
Minke gaat bij haar poppetjes zitten. "Mama, gaan we nou niet naar de dierentuin?" zegt ze met een hoog stemmetje. "Nee, we moeten naar het ziekenhuis. Kijk, we gaan met een heel mooie ziekenauto."
Ze ziet dat Jelle op zijn vrachtwagen een poppenhuisbedje heeft gezet. Voorzichtig legt Minke de poppetjes in het bedje.
"Daar gaan we!" roept Jelle. "Tu-du-tu-du!"
En Minke verbouwt snel haar poppenhuis tot een ziekenhuis.

Wortels en brokjes

Jelle en Minke zitten samen in een tentje in de tuin. Er liggen allerlei knuffels om hen heen. Ze hebben ijsbeer Bé en bruine beer Bor van Jelles slaapkamer gehaald. Ook hondje Waffel en tijger Tiger zitten gezellig in de tent.
Jelle en Minke spelen dat zij de vader en moeder zijn. De beren Bé en Bor zijn hun kinderen. Waffel en Tiger zijn hun honden.
"Bé en Bor moeten eten," zegt Minke.
Ze nemen allebei een beer op schoot en brengen een theelepeltje naar hun mond.
"Toe nou, Bor," zegt Jelle. "Het is wel lekker. Even proeven." Hij houdt het theelepeltje geduldig voor de mond van Bor.
"Kijk Bé," zegt Minke. "Daar komt een vliegtuig aan." Ze laat het lepeltje door de lucht naar de ijsbeer toe gaan. "Die vliegt zo je mond in... Goed zo!"
"Bor wil niet eten," moppert Jelle.
"Doe dan een vliegtuig of een auto na," stelt Minke voor.

Jelle houdt zijn lepeltje nu ook hoog in de lucht en vliegt ermee naar de bruine beer toe. "Broem, broem, daar komt het vliegtuig... met allemaal lekkere hapjes!"

Op dat moment steekt Jelles vader zijn hoofd in de tent. Hij glimlacht, omdat hij Jelle de beer ziet voeren. Zo deed hij het zelf ook als Jelle niet wilde eten.

"Jelle, er is er nog één die wil eten. Je konijn. Er staan brokjes en een wortel klaar in de keuken."

"Ja," antwoordt Jelle. "Maar ik moet Bor nog even in bed leggen."

Jelles vader gaat weg en Jelle gaat verder met zijn spel. Na het eten leggen ze de beren onder een dekentje op de grond.

"Zullen we met de honden spelen?" vraagt Minke. "Dan laten we ze buiten rennen en kunstjes doen."

Ze kruipen de tent uit. Met Waffel en Tiger in hun handen hollen ze hard door de tuin.

"Wie het snelst kan," stelt Jelle voor. "Van hier tot achter in de tuin."

Ze rennen weg. Als Minke ziet, dat ze gaat verliezen, gooit ze Tiger met een boog vooruit. Hij vliegt langs Jelle heen.

"Ja, Tiger heeft gewonnen," roept Minke triomfantelijk.
"Nee, dat mag niet!" vindt Jelle. "Maar dat is leuk! Een vliegende tijger!"

"Dan mag ik het ook," vindt Jelle. Ze rennen opnieuw en nu gooit Jelle Waffel hard vooruit. Jelle en Minke vinden dit een leuk spel. Ze rennen heen en weer tot ze doodmoe zijn.

"Nu wie het hoogste kan gooien," zegt Minke hijgend. Ze pakken hun knuffels en gooien ze hoog de lucht in. "Jàà!" schreeuwt Minke enthousiast.
"Néé!" roept Jelle benauwd.
Hondje Waffel vliegt over de schutting in de tuin van de buren.
"Hé!" horen ze een mannenstem achter de schutting zeggen.
Jelle en Minke kijken elkaar aan. Maar nog voordat ze iets kunnen zeggen of doen, komt Waffel terug over de schutting vliegen. Minke juicht. Jelle lacht.
Dan verschijnt het gezicht van de buurman boven de schutting.
"Ik ga zo weg, jongens, dus laat je hond maar niet meer vliegen."
Jelle knikt. Jelle en Minke gaan met Waffel en Tiger hun tentje in.
"We gaan allemaal slapen," zegt Minke. Jelle vindt dat goed, want hij is van het rennen moe geworden. Net wanneer ze liggen, steekt Jelles vader zijn hoofd om het hoekje van de tent. Hij kijkt boos.
"Jelle, nou heb je nog steeds het konijn niet gedaan!"
"Oh ja, maar ik ben zo moehoe." Jelle blijft liggen.

"Wat was de afspraak, toen je Ko kreeg?"
Jelle zwijgt. Hij weet het heus wel. Hij zou voor het eten zorgen. Hij was daar verantwoordelijk voor. Zo noemde zijn vader dat. Maar nu is hij moe.
"Het is zo gebeurd. Kom op," dringt zijn vader aan.
"Zometeen," zegt Jelle zeurderig.
"Nee, nu! Ko zit al een hele tijd te wachten."
Met tegenzin komt Jelle overeind.
"Ik help je wel," zegt Minke. "Ko knabbelt altijd zo leuk."
Jelle holt ineens naar het huis. "Ik geef de wortel!" roept hij.
Even later zitten ze bij het gaas waarachter Ko, het konijn, zit te eten. Hij knabbelt aan de wortel.
Jelles vader staat er ook bij. Hij geeft Jelle een aai over zijn bol.
"Fijn, dat je toch je verantwoordelijkheid neemt," zegt hij. "Dat je goed voor Ko zorgt!"
Jelle trekt zijn hoofd weg. Hij kijkt zijn vader met een schuin oog aan. "Ik heb honger. En jij bent verantwoordelijk voor mij."
Jelles vader lacht. "Wil je brokjes of een wortel?" vraagt hij.

"Een broodje met pindakaas!" roept Jelle.
"Ja, ik ook," zegt Minke.
Met zijn drieën gaan ze naar binnen.

De bovenburen

Jelle woont in een huis met een diepe tuin. Maar boven hem wonen andere mensen. Die hebben alleen een balkon. Daar woont de familie Hassan met drie kinderen. En daarboven wonen een jonge man en vrouw. En op de bovenste verdieping wonen een oudere man en vrouw met twee grote jongens.
"Zullen we eens helemaal naar boven lopen?" vraagt Jelle aan Minke.
Ze gaan de voordeur uit en laten de deur op een kier staan. Ze klimmen de trappen op. Ondertussen tellen ze de treden. Als ze 24 treden geteld hebben, horen ze muziek uit het huis van het jonge stel komen.
"Dat vindt mijn vader ook mooi," zegt Jelle. Ze lopen weer verder. Als ze helemaal boven zijn, horen ze een mevrouw hard tegen iemand praten. Het klinkt alsof er ruzie is. Maar ze verstaan er niets van, want de vrouw spreekt een vreemde taal. Een andere stem praat terug.
"Dat zijn vast de moeder en de zoon," fluistert Minke.

Ze horen opnieuw de vrouw hard tegen de jongen praten.

"Ze hebben ruzie," fluistert Jelle.

"Dat vind ik niet leuk," zegt Minke.

Ze blijven nog even stil staan en luisteren.

"Als wij nou eens aanbellen, dan stoppen ze wel," fluistert Minke.

Jelle knikt. "Dan bel ik aan en lopen we hard weg."

Jelle loopt naar de deur en drukt op de bel. Ze rennen snel weg, de trap af. Als ze een verdieping lager zijn, drukt Minke vliegensvlug ook daar op de bel. Ze vindt dat ineens grappig. Doen de mensen de deur open en staat er niemand. Dat is gek. Terwijl ze langs de deur van de familie Hassan rennen, horen ze boven de deuren open gaan.

"Wat is er?" roepen de buren naar elkaar. "Belde u aan?"

Minke grinnikt. Jelle niet. Hij vindt het spannend, want ze deden iets wat hij niet mag. Stiekem aanbellen. Als ze bij Jelles deur aankomen, merken ze dat hij dicht is. Snel belt Jelle aan. Terwijl ze wachten, horen ze hoe mensen in hoge vaart naar beneden komen lopen.

Jelle en Minke kijken elkaar gespannen aan. Net

voordat Jelles vader de deur opendoet, komt een grote jongen van de trap af en springt vlak voor Jelle en Minke op de grond.

"Dat dacht ik wel!" zegt hij boos. Hij kijkt Jelle en Minke streng aan. Ook de jonge bovenbuurman komt eraan. Jelles vader doet de deur open. Hij kijkt heel verbaasd.

"Wat is er?" vraagt hij.

"Die kleintjes hebben op de bel gedrukt," zegt de buurjongen.

"Bij ons ook," zegt de andere buurman.

"Waarom doe je dat nou?" vraagt Jelles vader. Jelle is bleek en zegt niks. Minke vertelt dan, dat ze ruzie hoorden en dat ze dat wilden stoppen.

"Bij ons was geen ruzie, hoor!" zegt de buurjongen.

"Bij ons ook niet," zegt de buurman. "Ik ben helemaal alleen thuis."

Nu zwijgt Minke ook.

"Hoe kunnen ze het weer goedmaken?" vraagt Jelles vader.

"Ze moeten het gewoon niet meer doen," zegt de buurman.

"We zullen het niet meer doen," zegt Jelle timide.

De buurman en de buurjongen glimlachen.

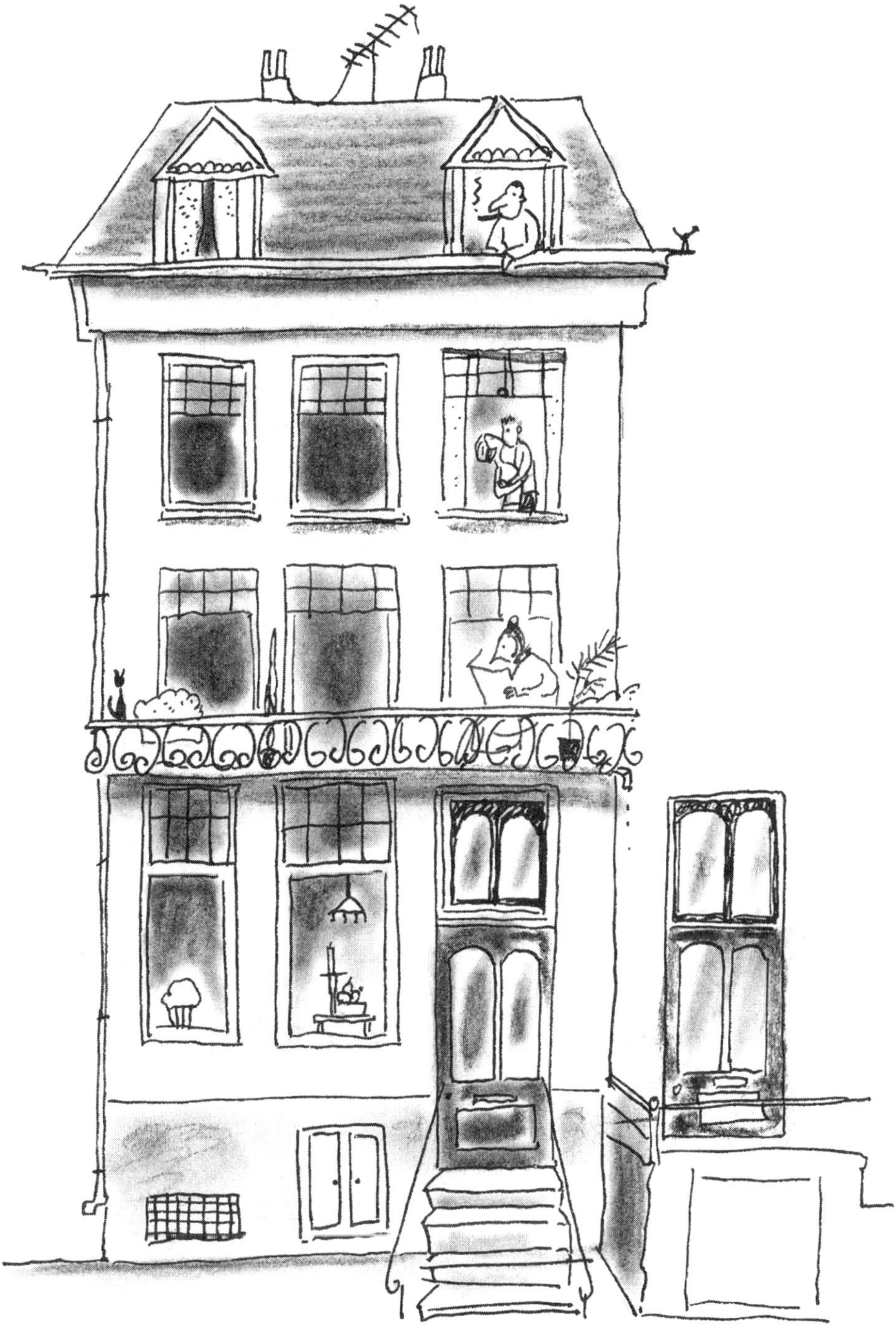

"Oké," zeggen ze. Ze beginnen de trap weer op te lopen. Jelle en Minke gaan naar binnen. Minke kijkt nog even achterom. De grote buurjongen doet dat ook en steekt glimlachend zijn duim omhoog.

Jelle heeft een geheim

Jelle en Minke zitten achterin de auto. "Misschien zien we wel een eekhoorn," zegt Jelle. "Of een hert," zegt zijn vader. "Of een beer!" roept Minke. "Een grote, bruine beer."
"Nee joh, beren zijn er niet hè, pap?" vraagt Jelle.
"Gelukkig niet," klinkt het van de voorbank.
"En wolven dan?" vraagt Minke.
"Nee, die zitten ook niet in dit bos."
De auto rijdt een parkeerplaats op. Vader remt. "We zijn er!" zegt hij.
Jelle en Minke springen uit de auto en kijken om zich heen. Dit is heel anders dan het plantsoen bij hen in de stad. Daar zie je wat hoge bomen en een vijver met eendjes.
Hier zien ze een lang pad met aan weerszijden hónderden bomen. Aan de ene kant van het pad staan de bomen zo dicht op elkaar dat het er donker is. "Oe, da's eng daar," vindt Minke.
Vader pakt een doos en een plastic zak uit de kofferbak. "Zo, nou gaan we op zoek naar kastan-

jes," zegt hij. "Kijk daar, dat is een kastanjeboom."
Jelle en Minke rennen achter hem aan.

De vorige dag heeft het hard gewaaid en er liggen nu veel bladeren en kastanjes op de grond.
Jelle kijkt teleurgesteld. "De meeste zitten nog in van die prikhuisjes," moppert hij.
"Dan rapen jullie alleen de losse," stelt zijn vader voor. "Of je doet zó!" Hij wrijft met zijn schoen heen en weer over een huls. Als hij zijn voet eraf haalt, is de opening zo groot, dat hij de bruine kastanjes eruit kan halen.
Minke en Jelle rapen eerst de losse kastanjes op. Jelle probeert daarna ook kastanjes uit de hulzen te halen, maar hij prikt zich. "Au!" roept hij. "Dat is helemaal niet leuk!" Hij kijkt om zich heen.
"Kijk, daar verderop staan beuken," zegt zijn vader. "Misschien is daar wel een eekhoorn beukennootjes aan het zoeken."
Jelle en Minke lopen verder het pad af. Terwijl Minke omhoog kijkt of ze eekhoorntjes ziet, ontdekt Jelle aan de andere kant van het pad iets in het dichte bos. Hij loopt ernaartoe. Ziet hij het goed? Het is

een hut van takken. Het lijkt op een indianentent. Wat leuk! Een huisje in het bos. Hij zal zich erin verstoppen. Dan moet Minke hem zoeken. Voorzichtig kruipt hij naar binnen. Op hetzelfde moment hoort hij Minke roepen. Ze mist hem al.

Jelle kijkt om zich heen. Er ligt een stuk boomstam waarop je kunt zitten. Daarachter ziet hij een hoop bladeren waar iets uitsteekt. Het is iets van blik.
"Jelle!" hoort hij nu ook zijn vader roepen.
Jelle houdt zijn hand voor zijn mond. "Jaha!" roept hij terug met een hoge piepstem. Snel haalt hij het voorwerp uit de bladeren. Het is een blikken trommeltje waar van alles inzit. Dit heeft iemand hier verstopt!
"Jelle! Waar zit je?" hoort hij nu Minke roepen.
"Hiero!" roept hij terug.
Jelle hoort het kraken van takken en zacht gefluister. Ze zijn nu dichtbij. Snel pakt hij iets uit het trommeltje en stopt het in zijn jaszak.
Minke kruipt enthousiast naar binnen. "Ja! Gevonden!" zegt ze blij.
"Kan ik er ook nog bij?" vraagt vader zielig. Even later zitten ze boven op elkaar in de kleine hut.

Het trommeltje staat in het midden en ze bekijken wat erin zit: een piepklein schrijfblokje waarop gekke figuurtjes getekend staan, een potlood, een verroeste sleutel, een mooie steen en drie grote spijkers.
"Kijk, het lag hier onder de bladeren," vertelt Jelle.
"Dan leggen we het daar terug," vindt vader. "De eigenaar komt hier vast nog terug."
"Zou het van de kabouters zijn?" vraagt Minke.
"Nee joh, die bestaan niet," reageert Jelle.
"Wél, ik heb ze zelf wel eens gezien."
"Nee hè, pap," vraagt Jelle, terwijl ze weer naar buiten kruipen.
"Ik heb er nog nooit één gezien," zegt vader.
"Maar ik wel," houdt Minke vol.

In de auto is Jelle stil. Hij heeft zijn hand in zijn jaszak. Hij houdt iets stevig vast. Omdat hij het stiekem heeft, lijkt het wel of het brandt. Hij voelt zich helemaal warm. Minke vertelt honderduit over een eekhoorn die ze gezien heeft. Jelle gelooft er niets van, maar hij houdt zijn mond. Hij denkt maar aan één ding, aan zijn geheim. Eenmaal thuis, gaat hij met zijn jas aan naar zijn slaapkamer. Hij kijkt goed

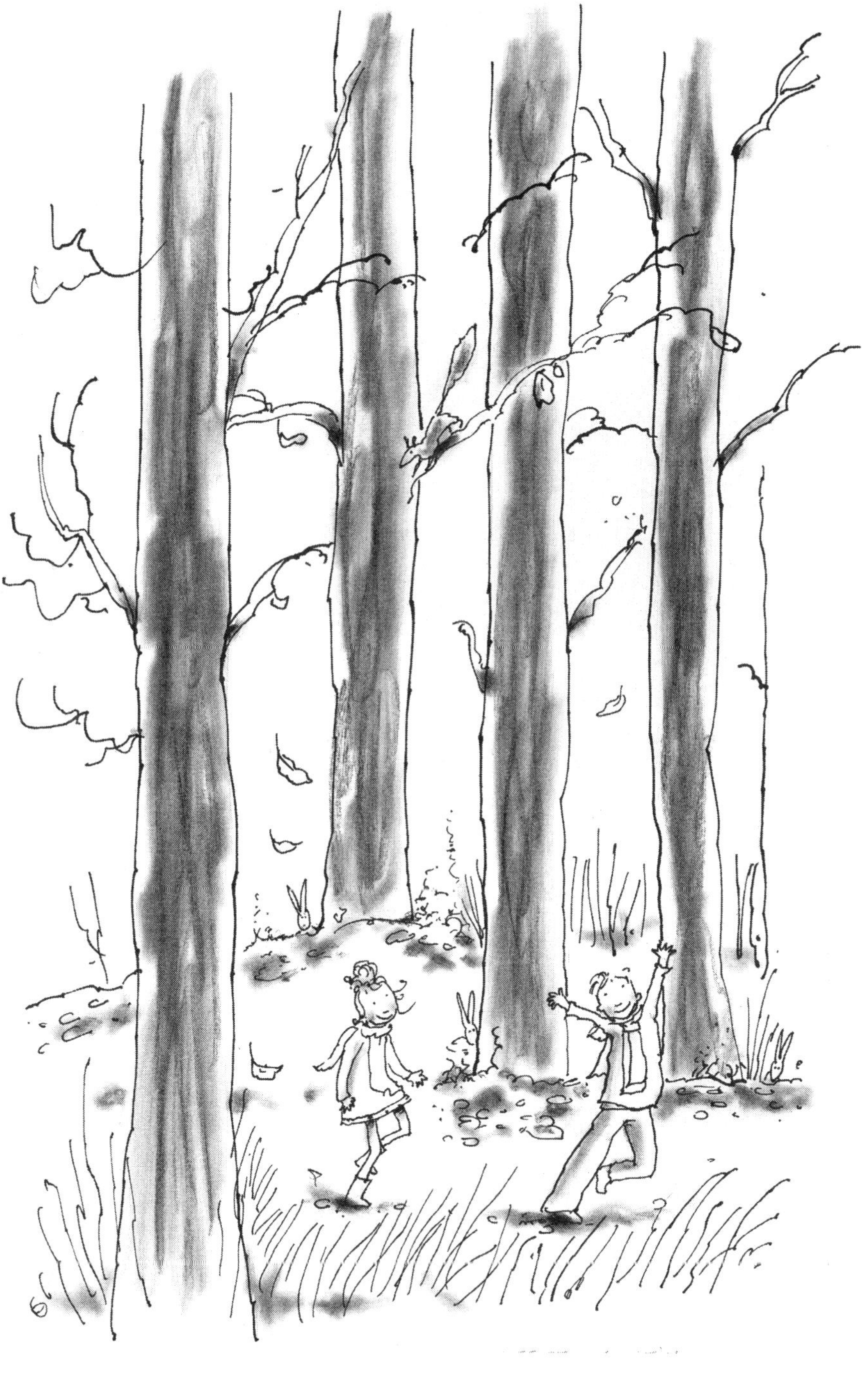

rond. Ja! Onderin zijn garage. Daar speelt Minke nooit mee. Daar kan hij zijn geheim verstoppen!

Een paar dagen later speelt Minke bij Jelle thuis. De wind waait hard en het regent pijpenstelen buiten. Ze hebben al een spelletje op de computer gedaan en met lego gespeeld.
"Wat zullen we nou doen?" vraagt Jelle.
"Met de poppen," zegt Minke. Ze kijkt om zich heen. "Maken we van jouw garage een flat!" "Nee, dat kan niet" flapt Jelle eruit. "Waarom niet?" vraagt Minke verbaasd.
"Omdat..." Jelle denkt even na. Het lijkt hem toch ook wel fijn zijn geheim aan iemand te vertellen. "Omdat ik er een geheim heb liggen" fluistert hij.
"Waar?" zegt Minke en ze gaat voor de garage zitten.
"Wacht," zegt Jelle. "Beloof je dat je het aan niemand vertelt? Het is een geheim!" "Oké" zegt Minke.
Ze kijkt nieuwsgierig in de garage. Jelle komt naast haar zitten en pakt iets onderuit de garage. Hij doet voorzichtig zijn hand open. Minkes ogen worden heel groot.

"Oh, een aansteker!" zegt ze. "Dat mag niet. Dat is gevaarlijk!"

"Nee, hoor, ik doe alleen maar zó."

Jelle laat het vuurtje in de lucht branden. "Zie je, dat kan best zo. Ik heb het al heel vaak gedaan."

"Maar het mag niet" vindt Minke. "Waar heb je hem gevonden?"

"In het bos," bekent Jelle. "In die hut."

"Oh, je hebt hem dus gestolen!" zegt Minke luid.

Jelle voelt zich helemaal naar van binnen. Gestolen?! Daar had hij helemaal niet aan gedacht.

Hij lag daar toch zo in dat trommeltje. Iemand had hem daar gewoon achtergelaten.

"Wat zal ik nou doen?" vraagt Jelle zachtjes.

"Aan je vader geven. Die brengt hem dan wel terug."

Jelle laat nog één keer het vlammetje branden.

"Maak jij alvast de flat?" zegt hij dan. Hij holt in zijn eentje naar zijn vader.

"Pap, kijk eens wat ik buiten gevonden heb!" Jelle geeft zijn vader de aansteker.

"Oh... Waar dan? En wanneer? Je was nu toch niet buiten?"

"Nee, hij eh... ik vond hem in die hut in het bos."

Jelle praat steeds zachter. "Ik dacht dat toch niemand hem meer gebruikte."
Zijn vader glimlacht. "Fijn, dat je hem gaf. Want je mag er niet mee spelen, hè! Als we weer een keer naar het bos gaan, nemen we hem mee!" Jelles vader typt weer verder. Opgelucht rent Jelle terug. Hij is zijn geheim kwijt!
Met poppen spelen vindt hij eigenlijk nooit zo leuk, maar nu... nu laat hij ze allemaal dansen!

Verrassing

Jelle en Minke zitten achterin de auto. De ruitenwissers gaan snel heen en weer. De regen klettert op het dak. Het waait zo hard, dat er bladeren en takjes van de bomen waaien. Minke ziet dat een mevrouw van haar fiets moet stappen.
"Kijk!" roept ze.
"Wat een weer!" moppert Minkes moeder. "Het is echt herfst. Als we zo thuis komen, rennen we naar de deur hè. Niet teuten, anders word je drijfnat."
Maar Minkes moeder kan de auto niet voor de deur kwijt en ze moeten daardoor een eindje door de regen rennen. Jelle en Minke vinden het leuk en stampen ook nog in de plassen.
"Háá!" gilt Jelle enthousiast. "Wááh!" roept Minke. Ze laten hun armen door de lucht fladderen.
"Néé!" roept moeder die op hoge hakjes achter hen aan wiebelt.

Binnen moeten ze meteen naar Minkes slaapkamer om droge kleren aan te trekken. Minkes moeder blijft in de kamer, omdat de telefoon gaat. "Geef Jelle maar een broek van jou!" roept ze nog.

Minke en Jelle trekken hun broeken uit. Minke geeft een droge broek aan Jelle. maar wat hij ook doet, de

broek past hem niet. "Pfff," zucht hij als hij de knoop probeert dicht te doen. Hij trekt de broek wild uit.
"Hé," zegt Minke. "Ik heb een idee. Kom mee!"
Ze lopen haar slaapkamer uit en gaan over de gang naar de slaapkamer van haar ouders. Aan de binnenkant van de deur zit een sleutel. Zodra ze binnen zijn, draait ze de deur op slot.
Minke loopt naar een grote kast en begint te giebelen. Een poosje later klinkt er gemorrel aan de deur.
"Hé, Minke, zijn jullie hier?! Doe eens gauw open!" Moeders stem klinkt boos.
"Zometeen," antwoordt Minke. Jelle en Minke beginnen te lachen.
"Ik wil niet dat jullie daar spelen!" zegt moeder boos. "Doe eens gauw open!"
"Nee, mam, dat kan nog niet. We hebben een geheim. Een heel leuk geheim. Het is een verrassing voor jou." Jelle en Minke beginnen hard te lachen.
"Gekkie," lacht Jelle. "Gekkie," zegt ook Minke.
De deurknop gaat opnieuw heen en weer.
"Minke, ik wil ccht dat je de deur opendoet."
"Jaha, oké, nog één minuutje!" antwoordt Minke.

Dat zegt moeder zelf ook altijd als ze aan het bellen is. Moeder loopt zuchtend weg naar de woonkamer. Jelle en Minke staan samen voor de spiegel.
"Jij bent klaar," zegt Minke.
Jelle hinnikt van het lachen. Hij ziet zichzelf in een zwart, glimmend pak. Een duikerspak. Van onderen zijn de pijpen een eind opgerold. Om zijn middel zit een riem. Aan zijn voeten draagt hij heel grote zwemvliezen en op zijn hoofd heeft hij een duikersbril. Minke heeft behalve haar broek nu ook haar t-shirt uitgetrokken. Ze doet over haar ondergoed het zwempak van haar moeder aan.
"Wacht, ik weet iets leuks," zegt Jelle. Hij duikt in de kast en pakt een laken.
Ondertussen morrelt moeder weer aan de deur. "Nu is het mooi genoeg geweest!" zegt ze.
"Bijna!" roepen Jelle en Minke tegelijk.
"Nee, nu!" Moeders stem klinkt echt kwaad.
"Ik tel tot tien! 1,2,3..."
"Maar het is een verrassing," jammert Minke. "Je mag het nog niet weten!"
"Kom hier, snel!" zegt Jelle en hij trekt Minke op het bed.

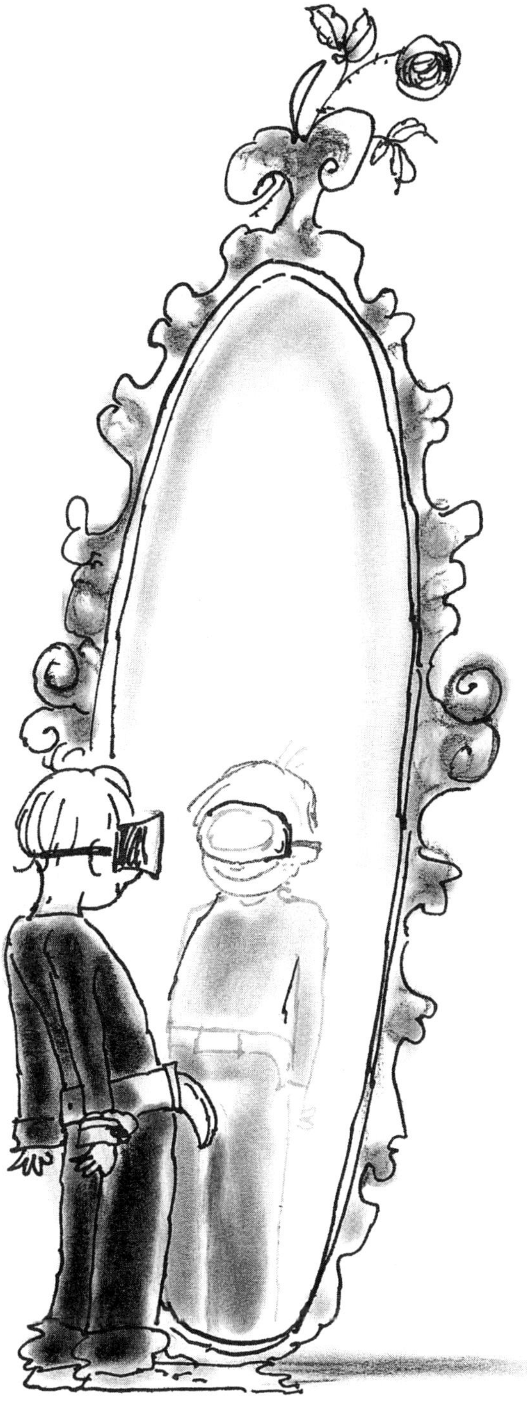

"4... 5... 6..." klinkt moeders stem.

"Ligt er hier een knijper?" vraagt Jelle.

"Ja, daar," zegt Minke.

"7... 8..."

"Draai je om," zegt Jelle. Minke en Jelle beginnen weer te lachen.

"9... 10!" roept moeder luid.

Jelle loopt naar de deur en draait de sleutel om. Moeder doet met een zwaai de deur open. Ze kijkt van Jelle naar Minke. Ze ziet Jelle in het duikerspak en Minke als zeemeermin. Ze ligt op bed met een laken om haar benen als een staart.

"Nou, is dit geen leuke verrassing?" vraagt Minke vrolijk.

Haar moeder begint te gieren van het lachen. "Ja, jullie zijn me een stel!" zegt ze en ze haalt uit een ladenkastje snel een fototoestel tevoorschijn.

"Jelle, ga eens naast Minke zitten. Dan hebben we een leuke foto om papa voor zijn verjaardag te geven. Dan moeten jullie het wel geheim houden hè."

En de duikersbril en de zeemeerminnenstaart gaan tegelijk op en neer.

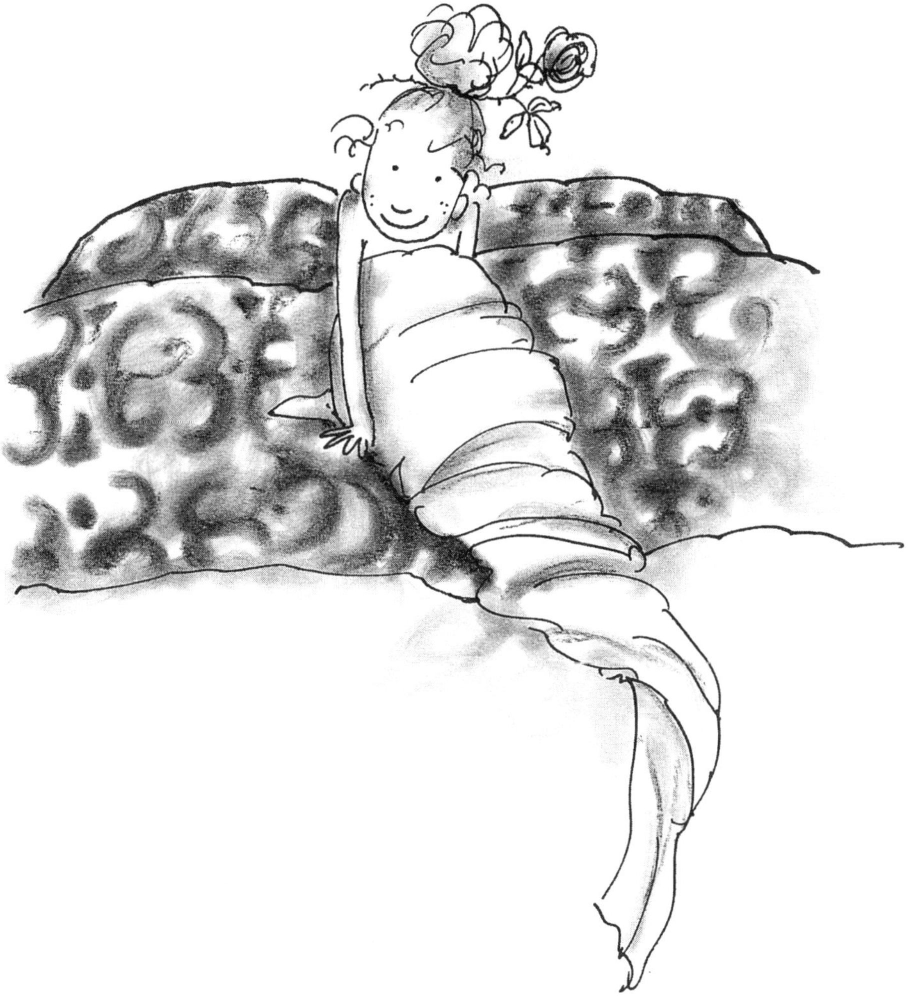

Achter de schutting

Jelle en Minke zitten samen voor de spelletjes-computer. Jelles vingers tikken razendsnel op twee toetsen.
"Nu ik weer," zegt Minke.
"Nog even, hij is bijna aan het eind." Met een verbeten gezicht gaat Jelle door. Zijn held op het scherm springt van het ene dak op het andere.
"Jelle!" roept moeder uit de verte. "Het half uur is om. Stoppen!"
"Ah," klinkt het teleurgesteld. "Nog even!"
"Nee, nu uitdoen. Ga maar lekker samen in de tuin spelen, met de bal of zo."
"Ja, kom op," zegt Minke. Ze trekt Jelle aan zijn mouw. Ze is de computer zat. Jelle wil steeds zelf en zij moet wachten en nog eens wachten. Met tegenzin staat Jelle op en gaat met Minke mee.

"Hiero!" roept Minke, terwijl ze een grote bal tegen Jelle aangooit.
Het lijkt wel alsof Jelle wakker schrikt. Hij schudt

met zijn hoofd. Zijn ogen veranderen van kleine computerschermpjes in ronde bolletjes.

"Oké!" roept hij dan enthousiaster. Hij gooit de bal met een boog terug naar Minke. Ze laat hem door haar handen glippen.

"Nu wie het hoogste kan gooien," stelt Minke voor. Zo hard als ze kan gooit ze de bal recht omhoog. De bal stuitert vlak voor haar op de grond. Jelle grist hem weg en nu gooit hij met heel veel kracht. De bal gaat hoog, maar ook schuin en verdwijnt achter de schutting in de tuin van de buren.

"Oh," zegt Jelle laconiek. "Ik ga hem wel even halen.

"Hoe dan?" vraagt Minke.

"Is daar iemand?" roept Jelle.

Het blijft stil achter de schutting.

"Help me even," zegt Jelle. Hij staat bij de tuintafel en pakt het blad vast. Minke pakt de rand aan de andere kant en met moeite slepen ze de tafel naar de schutting.

"Nu een stoel," zegt Jelle.

Even later staan ze samen met stoel en al bovenop de tafel.

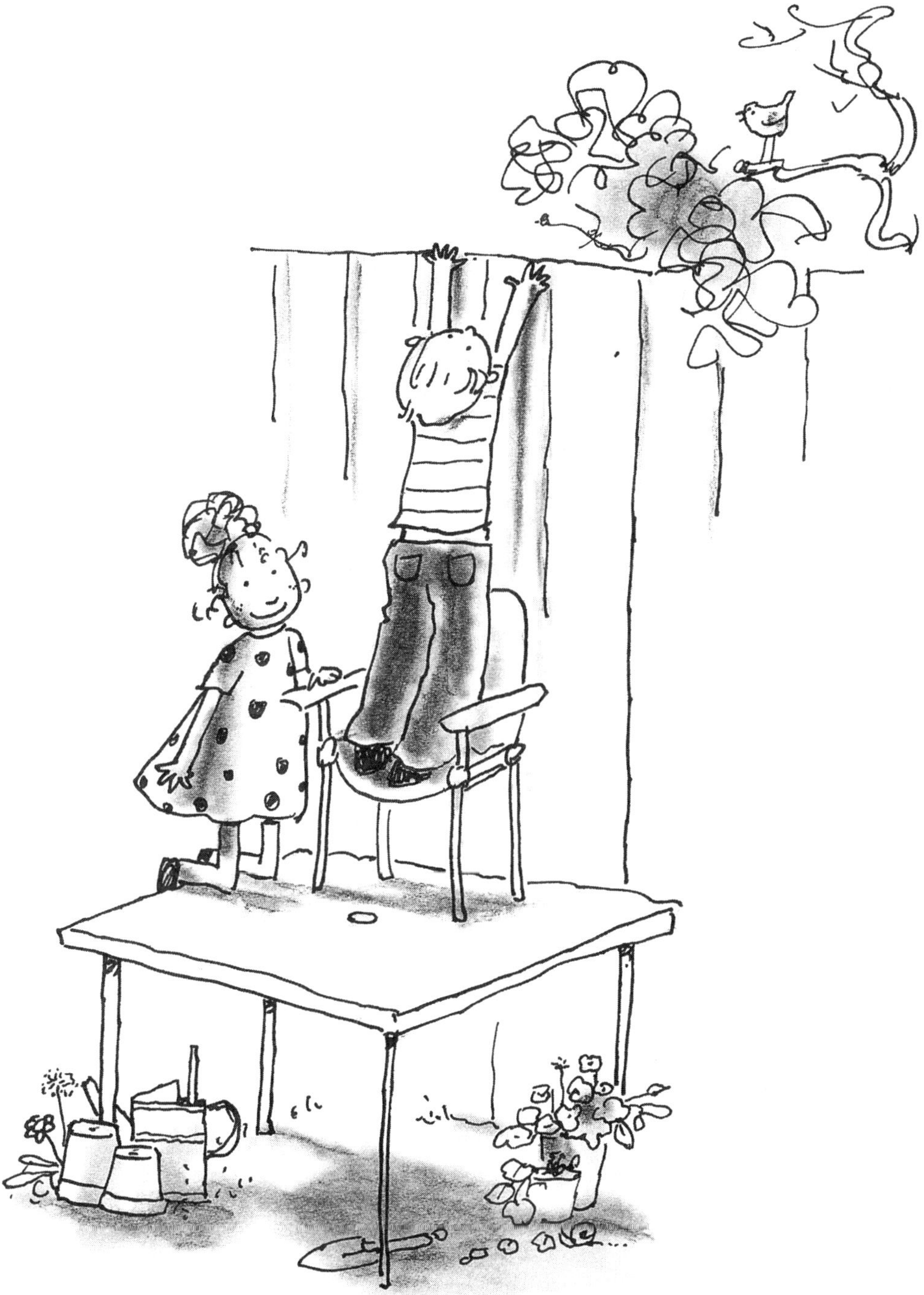

"Ik houd de stoel wel vast," zegt Minke geruststellend, terwijl Jelle erop gaat staan. Hij gaat met zijn buik op de schutting hangen en trekt één been over de schutting. Het andere been volgt en Jelle laat zich in de tuin van de buren vallen.

"Ja!" roept hij even later. "Ik heb hem al!"

De bal vliegt over de schutting en Minke raapt hem op. "Hé, waar blijf je?" roept ze.

"Ik kan niet terug," klinkt het benauwd van achter de schutting.

Minke klimt op de tafel, op de stoel en ziet Jelle op het gras van de buren staan. "Zal ik je moeder roepen?" stelt ze voor, maar dat wil Jelle niet. Hij kijkt de tuin rond, waar alleen wat lage tuinstoelen ingeklapt staan. Er is geen hoge tafel of ladder of trap te bekennen. Alleen nog een paar kinderfietsjes en een zwembadje dat leeg is. Een paar keer per week past de buurvrouw hier thuis op een aantal kinderen, maar nu is het doodstil. Het is zaterdag en ze is niet thuis. Jelles gezicht staat steeds somberder, maar hij wil het zelf oplossen.

"In de schuur!" bedenkt Minke ineens. "Misschien is hij open en staat daar een trap."

Jelle holt meteen naar de schuur, maar de deur zit op slot. Dan blijft er maar één ding over, denkt Jelle en hij kijkt naar de hoge boom waarvan een paar takken over de schutting hangen. Jelle pakt een kinderfietsje en zet het bij de boom.
"Nee joh!" roept Minke als ze doorheeft wat Jelle van plan is. "Dat is veel te gevaarlijk! Die takken zijn veel te dun!"

Maar Jelle begint moedig met zijn poging. Minke springt van de tafel en holt weg. Jelle staat op het zadel van de fiets en kan net met zijn handen bij de onderste tak komen. Hij pakt hem vast en zet zijn voet tegen de stam. Zijn andere been slaat hij om de tak en als een aapje hangt hij nu in de boom. Hij trekt zich omhoog en komt rechtop op de tak te zitten. Jelle schrikt als hij hem hoort kraken. Angstig kijkt hij omhoog. Nu moet hij gaan staan en op de volgende tak klimmen die nog dunner is. Hij pakt met zijn hand de volgende tak vast. Die buigt heel erg door. Jelle voelt dat dit avontuur wel eens fout kan aflopen, maar hij weet niet wat hij anders moet. Teruggaan lijkt hem nog gevaarlijker. Het fietsje grijnst hem als een monster toe. En waar is Minke gebleven? Jelle voelt de tranen in zijn ogen prikken. Voorzichtig klimt hij nog weer hoger.
"Krrr," hoort Jelle en hij houdt zijn adem in.

Ineens ziet hij vanuit een ooghoek achter in de tuin de deur opengaan. "Niet doen!" roept Minke, terwijl ze naar de boom toe holt. Achter haar rent Jelles moeder, die schrikt zodra ze Jelle in de boom ziet.

"Niks doen, Jelle!" beveelt ze hem. "Niks doen."
Ze rent weg en komt binnen een halve minuut met een trapje terug. Ze zet het zo bij de boom neer, dat Jelle erop kan gaan staan. Opgelucht klimt Jelle naar beneden.
"De tuindeur was gewoon open!" zegt Minke vrolijk.
Moeder wil Jelle omhelzen, maar daar heeft hij geen zin in.
"Het ging toch goed!" zegt hij. "Ik kan heel goed klimmen hoor!"
"Da's waar," vindt ook zijn moeder. "Maar die boom is misschien niet sterk genoeg voor jou. Dus dat kun je beter niet doen."
En met het trapje lopen ze met zijn drieën terug naar hun tuin.

Koninginnedag

"Morgen is het Koninginnedag," zegt Jelles vader. "Alles en iedereen is dan met oranje versierd, want onze koningin is jarig. En zij heet Van Oranje. Kinderen mogen op die dag op straat oud speelgoed verkopen. En dan kun je van het geld weer iets nieuws kopen."
"Ja!" zegt Jelle enthousiast. "Ik wil graag een ridderpak, met een zwaard!" "Nou, zie je, komt dat even mooi uit. Kijk maar welk oud speelgoed je kwijt wil. En Minke, ga je morgen met ons mee?"
"Ja," antwoordt Minke. "Maar ik wil mijn speelgoed niet verkopen. Ik wil alles houden."
"Maar dan verdien je geen geld," zegt Jelle, terwijl hij naar zijn speelhoek loopt. Hij gaat op zijn knieën zitten en bekijkt zijn oude knuffels één voor één. "Die beer vind ik niks en die hond vind ik suf."
"Nee!" zegt Minke verontwaardigd. "Daar spelen we soms toch mee. Dat zijn Bor en Waffel. Die mag je niet wegdoen."
"Welles" vindt Jelle. "Anders koop jij ze morgen maar van mij."

Dat vindt Minke niet zo'n slecht idee. Ze speelt graag met de beren Bé en Bor en de honden Waffel en Tiger. Maar dan moet ze dus wel geld hebben.
Jelle is ondertussen bij zijn doos met puzzels beland. "Die insteekdingen zijn voor baby's" vindt hij. "Ik wil alleen nog de dozen met de grote puzzels houden."

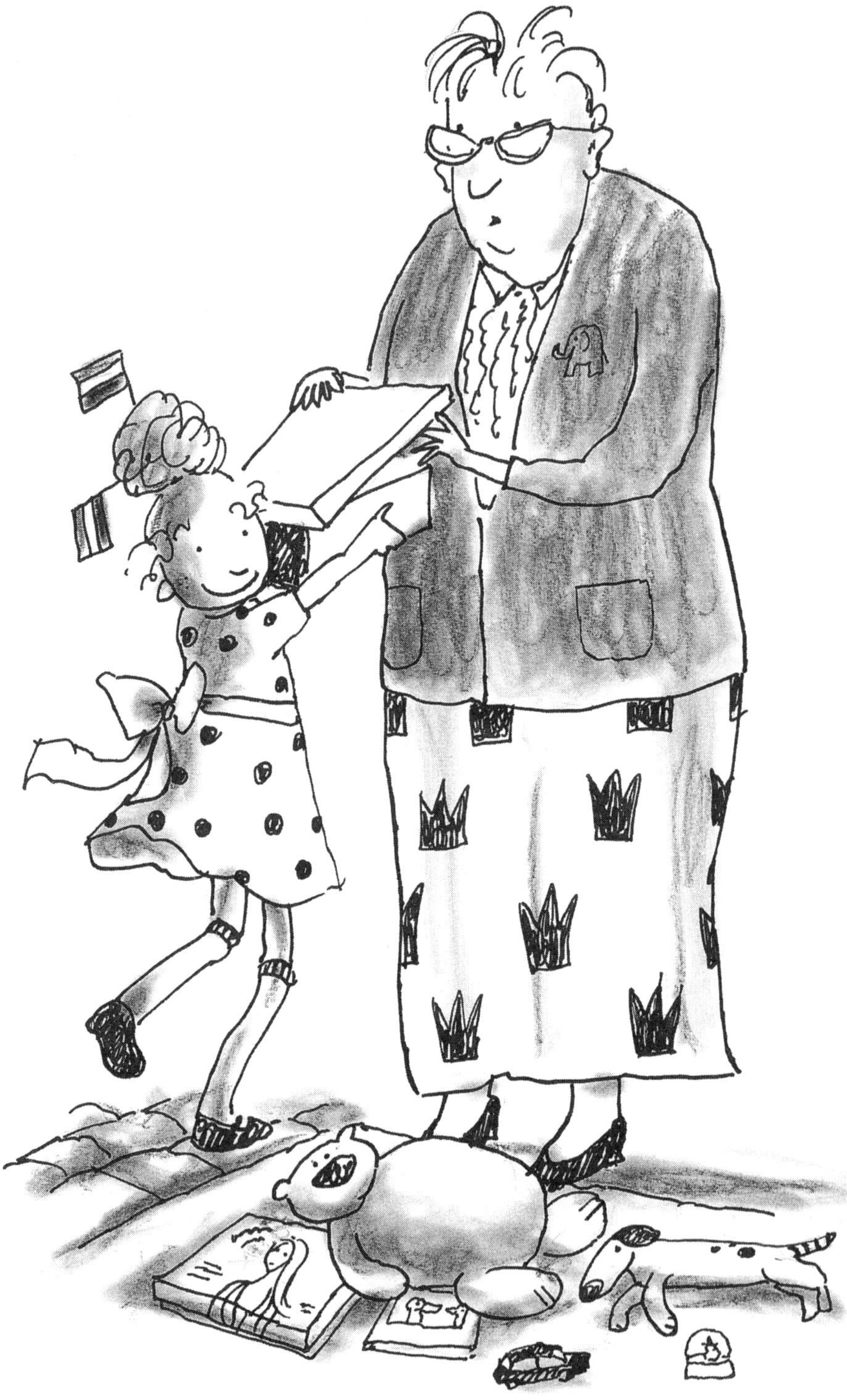

"Weet je wat ik doe?" zegt Minke, terwijl ze met haar wijsvinger een krul in haar haren draait. "Ik verkoop níet mijn speelgoed, maar toch ga ik geld verdienen! En dan koop ik Bor en Waffel van jou."
"Hoe ga je dan geld verdienen?" wil Jelle weten.
Maar Minke houdt haar lippen stijf op elkaar.

De volgende ochtend zitten Jelle en Minke op een groot kleed op straat. Naast hen zitten allemaal andere kinderen met hun ouders. Iedereen heeft oranje kleren aan en in de verte speelt een band. Het speelgoed van Jelle, wat kleding en boeken hebben ze uitgestald. Jelle kijkt nieuwsgierig naar de vierkante doos die Minke bij zich heeft. "Nou moet je zeggen wat erin zit. Dat had je beloofd."
"Ja, maar dan moet je twintig cent betalen. Zo verdien ik mijn geld. Er zit een geheim in de doos! Wie twintig cent geeft, mag het zien."
"Maar ik heb nog geen geld!" zegt Jelle.
"Dan moet je nog wachten," zegt Minke zuinig.
Dat vindt Jelle niet leuk. Hij kijkt de mensen die voor hun kleed staan aan. "Knuffels te koop!" roept hij. "Voor twintig cent een mooie knuffel!"

Minke ziet hoe een oude mevrouw Waffel oppakt en bekijkt. Ze schrikt! Die mevrouw gaat misschien Waffel kopen. Dat mag niet!
"Mevrouw, wilt u een geheim zien?" vraagt ze lief. Ze gaat vlak voor de vrouw staan en houdt de doos voor haar neus. "Het kost maar twintig cent."
"Da's goed," zegt de vrouw glimlachend. Ze legt Waffel even neer en geeft twintig cent aan Minke. "Ik ben heel benieuwd naar je geheim!" zegt ze.
Aan één zijkant van de doos zit een gat. Minke zorgt ervoor dat alleen de mevrouw erin kan kijken.
"Oh, wat mooi!" zegt de mevrouw.
"Niet verklappen hoor!" zegt Minke. Ze zet de doos neer en pakt snel Waffel van de grond. "Die wil ik kopen," zegt ze tegen Jelle. "Hier, twintig cent."
De oude mevrouw kijkt van Minke naar Jelle en daarna weer naar Minke.
"Maar... ," zegt ze. Haar gezicht staat een beetje verontwaardigd. Ze wijst naar het hondje.
"Dit is Waffel," verklaart Minke, terwijl ze hem tegen haar wang houdt. "Die mag niet verkocht worden! Daar speel ik altijd mee." Ze houdt Waffel stevig tegen haar wang. "Hè, liefie!" zegt ze flemerig.

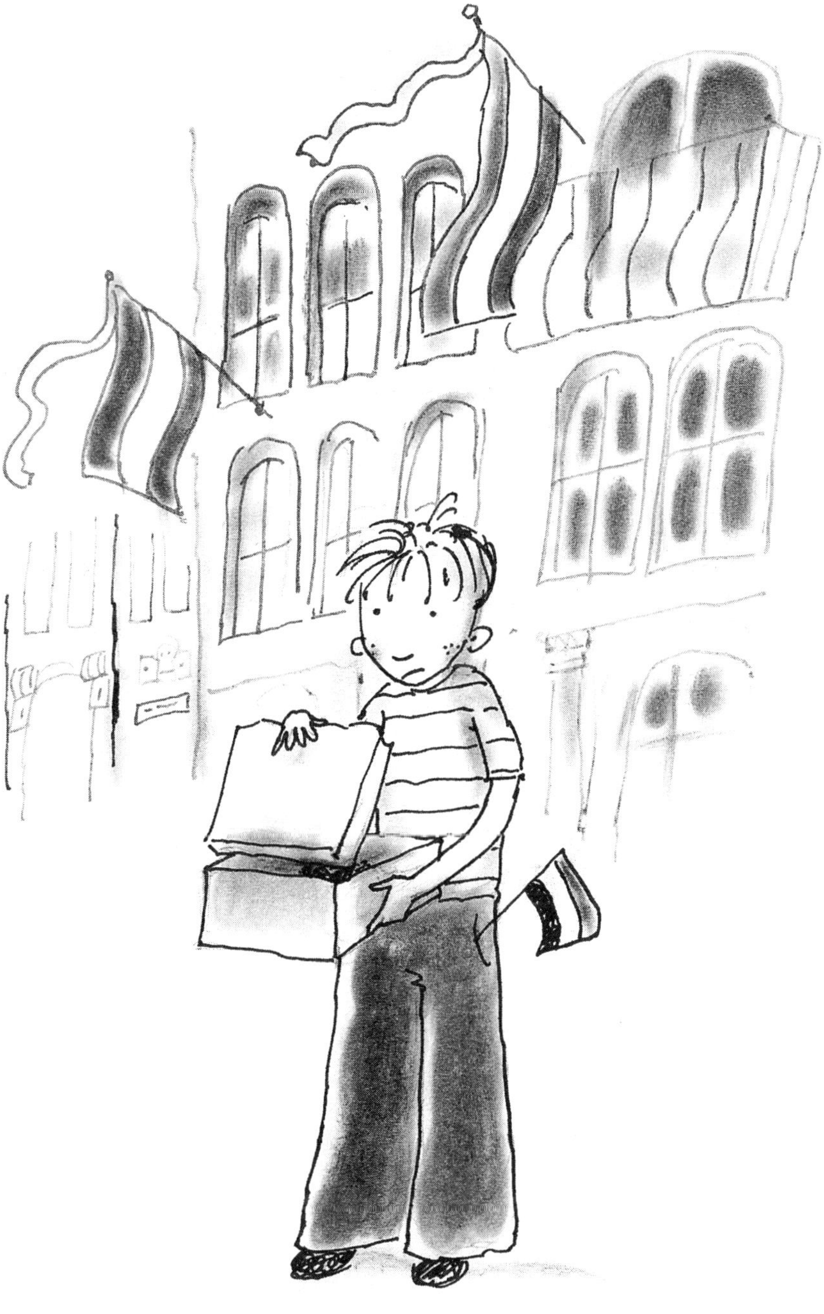

De mevrouw glimlacht. "Oh, zóó... nou begrijp ik het." Ze loopt langzaam verder.

Minke legt Waffel naast zich neer en roept: "Wie wil er een geheim zien?"

Jelle kijkt opzij en dan naar zijn twintig cent. Hij wil het geheim graag zien, maar ook voor een ridderpak sparen. Hij besluit nog even te wachten. Eerst maar wat meer verkopen. Minkes actie is een groot succes. Veel mensen willen haar geheim zien. Jelle heeft pas één puzzel verkocht. Zijn vader aait hem even over het hoofd.

"En nu koop ik Bor van je," zegt Minke. Ze had het te druk om dat eerder te doen. Ze pakt de beer en geeft het geld aan Jelle.

"En nu wil ik je geheim zien!" zegt Jelle. Hij geeft de twintig cent terug.

Minke houdt de doos voor zijn neus. Gretig kijkt Jelle in de doos. En wat ziet hij? Een oranje kleedje met daarop een heel klein speelgoedbankje. En op dat kleine speelgoedbankje zitten twee kleine kaboutertjes. En die twee kleine kaboutertjes op dat kleine speelgoedbankje dragen kleine oranje mutsjes. En vóór die kleine kaboutertjes liggen piepkleine speel-

goedjes op de grond. Ze vieren ook Koninginnedag.
"Mooi hè?!" vraagt Minke.
En al vindt Jelle kaboutertjes helemaal niet stoer, hij zegt "ja!" Want deze kaboutertjes lijken net echt!

Opa Tuinboon

Jelle en Minke komen samen met Jelles opa thuis.
"Zo, we doen hier onze laarzen uit," zegt opa bij de deurmat, "want er zit een heleboel blubber onder."
Jelle en Minke gaan op de grond zitten en opa trekt aan Jelles laarzen.
"Wat een blupsie, hè opa," zegt Jelle.
"Ja, dat heb je als je tuinman bent."
Als Jelles laarzen uit zijn, vliegt hij overeind en pakt een plastic zak van de grond. Minke kijkt hem teleurgesteld na.
"Mam!" roept Jelle. "Kijk eens wat ik heb?"
Hij rent naar de keuken en legt de plastic zak op het aanrecht. Moeder kijkt nieuwsgierig wat erin zit.
"Wortels," zegt ze. "Lekker!"
"Ik heb ze in opa's tuin uit de grond getrokken," zegt Jelle trots.
"Ik ook," hijgt Minke die de keuken binnenkomt.
"Wat goed van jullie! Zaten ze onder de grond dan?" vraagt moeder.

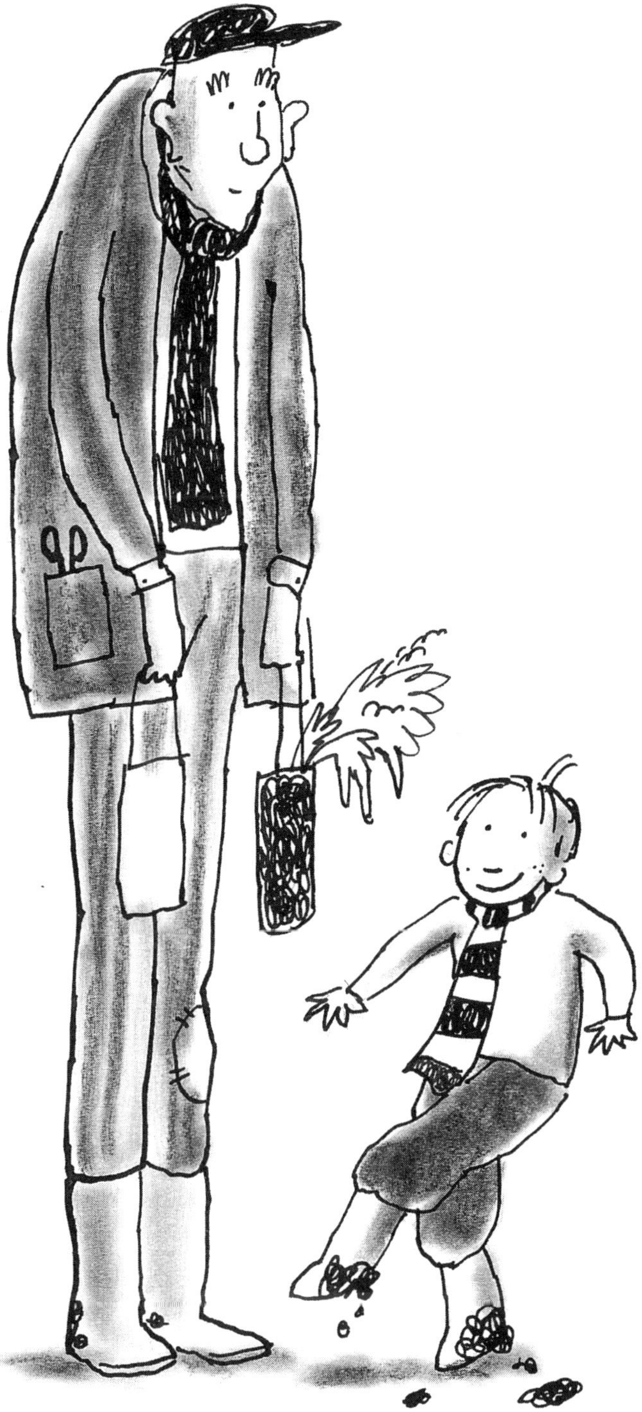

"Ja, je zag alleen maar deze groene fliebertjes," zegt Jelle. "Ik moest heel hard trekken."
"Aha, en wat zijn die andere groene dingen in de zak?"
"Eh, dat zijn..." Jelle hapert.
"Tuinbonen," vult Minke snel aan.
"Oh, ik dacht dat die wit waren," zegt moeder.
"Maar dat zijn ze ook," zegt Jelle. "Let maar eens op!" Jelle trekt met zijn handen de schil van een lange groene boon open. "Tada!" roept hij enthousiast. Hij haalt drie kleine witte bonen uit de tuinboon tevoorschijn.

"Ah, zaten die witte in de groene boon verstopt!" zegt moeder. "Kunnen jullie misschien alle boontjes tevoorschijn toveren?" Jelle en Minke knikken en ze gaan met opa aan tafel zitten. Samen gaan ze aan de slag en toveren de witte bonen tevoorschijn. Die gooien ze in een pan met water die op de grond staat. Maar na een paar minuten vindt Jelle het niet zo leuk meer. Hij wil al weglopen, wanneer opa ineens doet alsof de grote groene boon een bootje is. Die vaart met twee witte bonen erin rond op de tafel. Dat vindt Jelle een leuk spel. Hij laat ook een bootje rondvaren. De bootjes botsen tegen elkaar op.
"Kaboem!" roept Jelle.
"Help, ik val eruit!" roept opa. Hij laat de witte bonen in de pan met water plonzen.
"Jaha!" lacht Jelle enthousiast.
"Nu ik!" zegt Minke. "Met nieuwe bootjes!"
Jelle en Minke laten hun bootjes botsen en de bonen overboord in de pan met water plonzen.
"Hier varen opa en mama," verzint Jelle.
"En hier Ienemienie en Pino," zegt Minke.
Ze laten de bonenbootjes wild tegen elkaar opvaren.

"Ja! Alle vier in het water!" roept Jelle enthousiast.
"En dit zijn Sinterklaas en Zwarte Piet," verzint hij.
"En hiero varen... jij en Karin!" bedenkt Minke.
"Néé!" gilt Jelle, maar hij verdwijnt toch in de pan met water. Binnen een paar minuten vallen alle mensen en dieren die ze kennen in het water. Onder luid gejuich en geroep.

"Helpen jullie me met koken?" vraagt opa.
"Ja, opa Tuinboon," grapt Minke.
"Opa Tuinboon," herhaalt Jelle. "Da's een leuke naam." Giebelend wassen ze de wortels schoon.
"En jij bent Minke Wortel," bedenkt Jelle. "Met van die fliebertjes op je hoofd."
"Maar mijn haar is niet groen, Jelle... eh... Aardappel!" reageert Minke. Ze lacht.
"Ik ben geen aardappel," moppert Jelle.
"Jongens. Opletten!" zegt opa, terwijl hij de pan met tuinbonen pakt. Hij zet één pan met wortels en één pan met tuinbonen op het vuur. Jelle en Minke kijken naar de vlammetjes.
"Dekken jullie de tafel?" vraagt opa.
Minke en Jelle hollen weg om snel de borden en het

bestek op tafel te leggen. Opa bakt ondertussen ook nog aardappelen en spekjes.

"Mama, papa! Eten!" roept Jelle enthousiast.

Minke zit al aan tafel, een vork en lepel in haar handen. Ze heeft er zin in! Even later schept opa een wortel en tuinbonen met spekjes op Jelles bord. Jelle neemt voorzichtig een hap van de wortel.

"Lekker hè!" zegt opa.

Jelle knikt. Moeder grinnikt. "Dat is voor het eerst, dat hij een wortel opeet," vertelt ze.

"Maar deze is veel lekkerder dan anders," vindt Jelle. "Want deze is niet uit de winkel, deze is van opa Tuinboon!"

"En zo is het maar net hoor jongen," zegt opa en met een glimlach neemt hij een hap van zijn eten.

Vier opa's en vier oma's

Het regent buiten dikke pijpenstelen. Jelle en Minke zitten binnen aan tafel te tekenen en te kleuren.
"Kijk, dit ben ik, met Ko het konijn," zegt Jelle. "Jij hebt geen konijn hè."
"Nee," antwoordt Minke. "Maar ik heb lekker een zus. Daar kan je veel leuker mee spelen dan met een konijn."
Jelle fronst zijn wenkbrauwen. Ja, dat vindt hij eigenlijk ook. Ko zit altijd maar in zijn hok. "Maar ik..." bedenkt hij en hij kijkt ineens vrolijk, "ik krijg twee zusjes of broertjes. Ze zitten al bij mijn moeder in haar buik."
"Echt waar?! Twee?!" Minke kijkt achterom naar Jelles moeder. Die knikt, terwijl ze haar hand op haar dikke buik legt.
"Oh," zegt Minke. Het is een tijdje stil. Minke bijt op de achterkant van haar potlood. Twee zusjes of broertjes is vast veel leuker dan één.
"Ik heb twee oma's en twee opa's," bedenkt Minke dan.

"Wat weinig!" zegt Jelle. "Ik heb vier opa's en vier oma's!"
"Dat kan niet," zegt Minke verontwaardigd.
"Welles!" Jelle kijkt om. "Mama, ik heb vier opa's en vier oma's hè?"

Jelles moeder komt bij hen aan tafel zitten en pakt een papier en potlood. Ze tekent een poppetje. "Kijk, dat ben ik. Zie je wel. Met lange, donkere krullen.

Ik heb ook een mama en een papa." Snel tekent ze er twee poppetjes bij. Die lange, smalle man lijkt op opa Tuinboon. "Dat zijn dus Jelles oma en opa. Maar die gingen scheiden. Ze wilden niet meer bij elkaar wonen. En nu wonen ze met iemand anders samen." Ze tekent er twee poppetjes bij. "Zie je, dan zijn het er vier. Opa Tuinboon heeft nu Nienke. En oma Rosa heeft Bram. En bij Jelles vader is het precies hetzelfde gegaan." Opnieuw worden er allerlei poppetjes getekend.

"Zie je wel!" zegt Jelle. "Eén, twee, drie, vier en nog eens één, twee, drie, vier." Met zijn potlood wijst hij de poppetjes aan.

Minke zwijgt en denkt diep na.

"Maar het zijn niet allemaal je echte oma's en opa's," zegt ze ineens. "Opa Tuinboon is wel je echte opa, maar Nienke is niet je echte oma!"

Moeder loopt grinnikend weg. Nu is Jelle een tijdje stil. Hij zucht diep.

"Maar als ik jarig ben... ," zegt hij langzaam. "Krijg ik wel van iedereen een cadeautje! Dan krijg ik dus veel meer cadeautjes dan jij."

Daar heeft Minke niet van terug. In gedachten ziet ze Jelle met heel veel cadeautjes om zich heen. Ze pakt een nieuw papier en kleurt een tijd lang zonder iets te zeggen.

"Wat teken jij?" wil Jelle weten.

"Ik teken jou en twee baby's. Kijk. Ze liggen heel hard te huilen. Dat doen ze de hele dag. Dat is helemaal niet leuk."

Jelles moeder begint hard te lachen. Maar Jelle is stil.

"En wat teken jij?" vraagt Minke.

"Ik heb een konijn getekend en nog een paar opa's en oma's bij het hok. Zie je? Jij mag de tekening hebben. Zijn ze ook een beetje van jou." Jelle legt de tekening voor Minke neer.

Minke bekijkt de tekening en kijkt dankbaar naar Jelle.

"Weet je... ," zegt ze. Ze pakt een gommetje en gumt allerlei rondjes op haar tekening weg. "De baby's huilen niet meer. Ze slapen. Hier, voor jou."

Jelle pakt de tekening en loopt ermee naar zijn moeder.

"Zie je mam. Baby's slapen veel, hè?"

"Ja hoor, en als ze huilen, hebben ze gewoon honger." Ze kunnen niet zeggen: "Hé, ik wil wat melk!"
"Nee..., dat is zo," zegt Jelle. "Maar ik kan dat wel. Whèè, ik wil appelsap!"
"Ja, ik ook!" roept Minke meteen. En samen vliegen ze naar de koelkast.

Circus

Jelle en Minke zitten samen met hun vaders in een enorm grote tent, een circustent. Er zijn nog heel veel andere kinderen en grote mensen. Ze zitten dicht tegen elkaar aan op harde, houten bankjes.
Iedereen lacht om een clown, die steeds uitglijdt en een emmer sop over zich heen krijgt. De mensen op de voorste rij worden ook een beetje nat. Ze gillen. De rest van het publiek lacht. Een tijdje later is iedereen muisstil. In een grote kooi komen vijf tijgers binnenlopen. Minke gaat nog dichter tegen haar vader aan zitten. Wat zijn die tijgers groot! Daar zijn poezen niks bij. En wat grauwen ze eng. En wat een enorme klauwen hebben ze!
"Zijn die hekken wel sterk?" vraagt Minke zachtjes aan haar vader.
"Ja hoor," antwoordt hij en hij slaat zijn arm om haar heen.

Er is ook één vrouw in de kooi. Ze heeft twee zwepen vast en roept voortdurend van alles tegen de tijgers.

Dat die vrouw dat durft! Minke vindt het heel dapper. De tijgers komen om de beurt van hun kruk af. Eentje loopt op zijn twee achterpoten. Zijn voorpoten klauwen hoog in de lucht. Hij is dan groter dan de vrouw. "Bravo!" roept de vrouw. Als de tijger weer zit, durft de vrouw hem zelfs te aaien.

Minke voelt de rillingen over haar lichaam lopen. Zó spannend vindt ze het. Nu springt een tijger door een hoepel heen. Even later zelfs door een brandende hoepel. Als het afgelopen is, klapt iedereen heel hard. Minke klapt mee.

"Wat vond jij het mooist?" vraagt Jelle later. "De olifanten of de tijgers?"

"De tijgers!" antwoordt Minke meteen. "Hé, zullen we ook circus spelen?"

"Ja," zegt Jelle enthousiast.

"Jij bent de tijger en ik ben de vrouw met de zwepen," stelt Minke voor. Ze loopt de kamer uit en komt met een hoepel en twee sjaals terug.

Jelle gaat als een tijger op handen en voeten op de grond zitten en gromt.

"Pas op jij!" roept Minke en ze slaat met de sjaal.

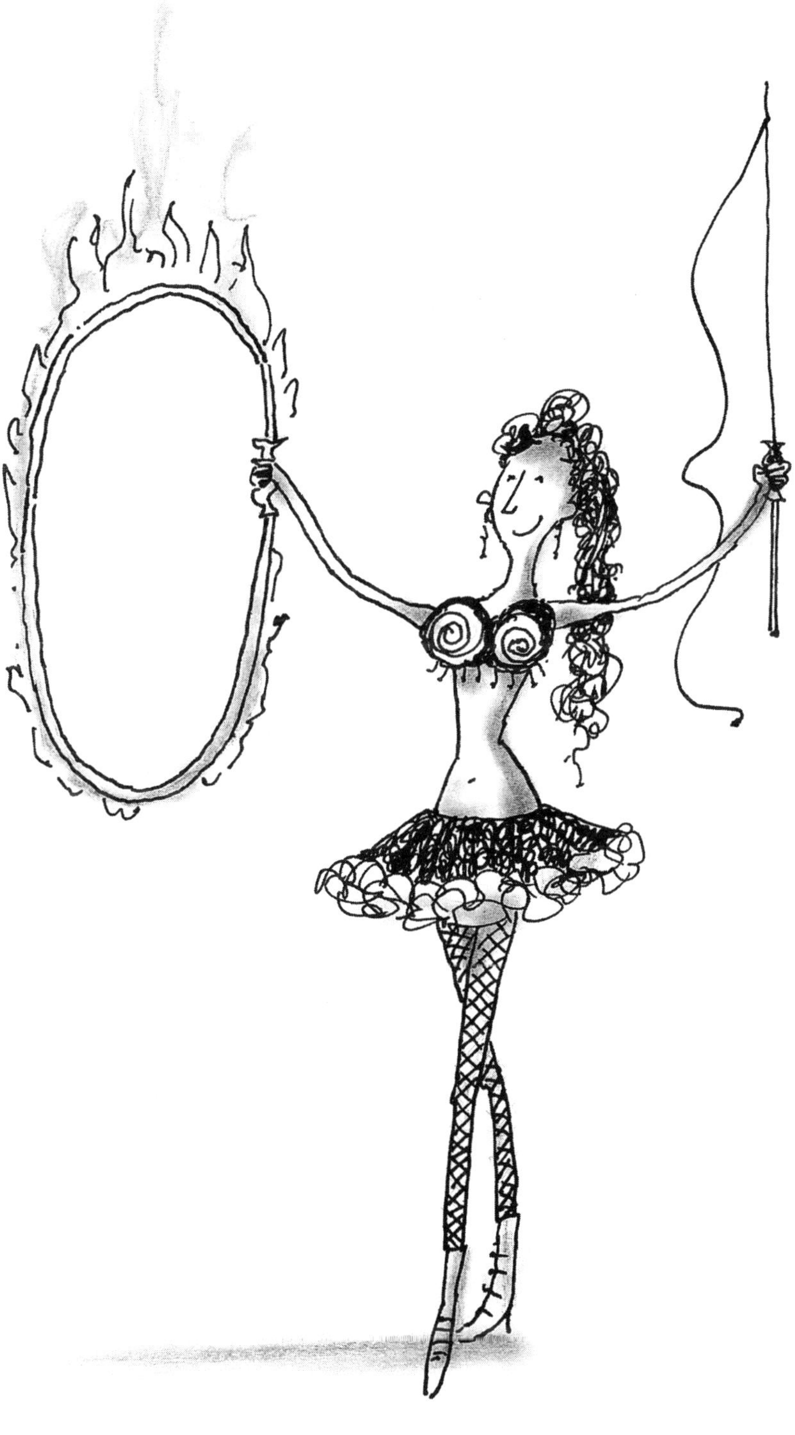

"Gr!" doet Jelle opnieuw.

"Op je plaats, jij!" beveelt Minke streng. "Tiger, let op! Je moet door de hoepel heen."

Minke gaat halverwege de kamer staan en houdt de hoepel omhoog. Jelle komt half overeind en rent naar de hoepel toe. Hij gromt en maakt een grote sprong. Maar hij springt tegen de hoepel op en Minke valt met hoepel en al om.

"Au!" zegt ze.

"Gr," zegt Jelle en hij springt bovenop haar.

"Nee!" gilt Minke. Nu gebeurt waarvoor ze in het circus zo bang was. De tijger valt haar aan. Ze slaat om zich heen.

Jelle begint te lachen. Dan stopt Minke met slaan en ze moet ook lachen.

"Grrr!" grommen ze precies tegelijk.

"Ik ben ook tijger," zegt Minke snel. "Dat is veel leuker!"

Verdwaald in de dierentuin

"Kijk daar! Apen!" roept Minke enthousiast. Ze zet het op een hollen. Haar zus Karin en Jelle rennen met haar mee.
"Ah, zie je dat kleintje?!" zegt Karin. "Wat lief!"
Minke ziet een aapje dat op de rug van zijn moeder zit. Zwijgend blijven ze minutenlang kijken. Ook haar ouders staan er nu bij.
"De vorige keer pakte een aap een zonnebril van een mevrouw af. Weet je nog Minke?," vraagt haar moeder.
Minke knikt. "Oh ja! En toen was er ook een babyolifant."
"Waar?" vraagt Jelle.
"Dat is nog iets verder," antwoordt Minkes moeder.
"De olifanten!" zegt Jelle enthousiast. Die vindt hij geweldig.
"Hoeveel apen tellen jullie?" vraagt Minkes vader.
Minke begint te tellen, terwijl ze met haar vinger wijst.

Jelle holt alvast verder. Hij wil de olifanten zien. Maar na de apen komen de leeuwen en tijgers. Hij rent een ander pad in, maar daar komt hij bij de zeeleeuwen uit. Waar zijn de olifanten nou? Hij vraagt het een mevrouw op een bankje.
"Je moet iets terug en dan naar rechts," zegt ze.
Jelle holt terug, maar hij weet niet wat rechts is. Hij ziet een zebra en kangoeroes. Hij geeft het op. Laat

hij maar naar Minkes ouders teruggaan. Jelle kijkt rond. "Waar zijn ze allemaal?" vraagt hij zich af. Hij zet het op een rennen. Hij komt weer bij de zeeleeuwen. Daar staan nu veel mensen, want de zeeleeuwen worden gevoederd. Jelle loopt langs de groep mensen, maar hij ziet Minke en haar ouders niet. Nu wordt Jelle bang. Hij zal ze toch niet echt kwijt zijn?! Als ze maar niet zonder hem teruggaan! Het is heel ver rijden naar huis. Jelle zet het opnieuw op een rennen.

Hijgend komt Jelle bij de apen aan. Hij stopt en zoekt tussen de mensen. "Minke!" roept hij. Maar Minke is er niet. En Karin en haar ouders ook niet.

Nu schieten er tranen in Jelles ogen. Hij is ze echt kwijt! En hij weet de weg niet! Jelle begint harder te huilen.

Een vreemde mevrouw spreekt hem aan. "Wat is er? Ben je je ouders kwijt?"

Jelle schudt zijn hoofd. "Minke... en haar papa en... mama," snottert hij.

"Zullen we ze samen gaan zoeken?" vraagt de mevrouw.

Jelle knikt.

"Hoe zien ze eruit?" vraagt de mevrouw. Jelle haalt zijn schouders op.

"Heeft papa bruin haar of blond haar?"

Maar Jelle weet even niets meer. Hij moet nog harder huilen.

De vrouw troost hem. "Hé, we vinden ze zo wel, hoor. Ze gaan heus niet weg zonder jou. Let jij maar goed op of je ze ziet."

Ze lopen al een tijdje als er ineens uit een groep mensen Minke tevoorschijn komt.

"Jelle! Mama! Hier!" gilt ze. Ook Karin en Minkes ouders komen eraan.

Jelle moet nog steeds huilen, terwijl Minke haar arm om hem heen slaat. Ze geeft hem een zoen.

"Bah, nat!" zegt ze.

Minkes moeder hurkt bij Jelle. "Waar was jij nou ineens? We hadden de apen geteld en toen was jij weg!"

"Ik... ik wou naar de olifanten," zegt Jelle, terwijl hij zijn tranen afveegt. "Maar ik kon ze niet vinden."

"Nou, dan gaan we ze nu zoeken. Maar blijf je wel goed bij ons? Wij zijn ons een hoedje geschrokken!"

Jelle knikt.

"Heel erg bedankt," zegt Minkes moeder tegen de mevrouw.
"Graag gedaan hoor. Dààg," zegt zij.
"Dààg," zegt Jelle. Hij pakt de hand van Minkes moeder en laat die voorlopig niet meer los.

Jelle wil niet naar bed

Jelle en Minke zitten samen voor de televisie. Minke logeert twee nachtjes bij Jelle, omdat haar ouders een weekend weg zijn.
"Het is bedtijd, Jelle en Minke," zegt moeder.
"Nee!" roept Jelle. Hij springt op van de bank, maar niet om zich uit te kleden. Hij rent naar de hoek van de kamer waar nog allerlei speelgoed van hem rondslingert.
"Jelle, doe niet zo flauw," moppert moeder.
"Ik ben niet moe!" zegt Jelle fel. Hij pakt een auto en laat hem door de kamer rijden.
"Jelle, kom hier!" beveelt moeder en ze doet een stap in zijn richting. Maar de auto vliegt in een hoog tempo de kamer uit, de trap af, met Jelle erachteraan.
"Ik ben niet moe!" roept hij nog een keer.
Moeder geeft aan Minke haar pyjama en zucht.
"Is er wat, lieverd?" vraagt Jelles vader die uit de krant opkijkt. Hij grinnikt, want hij weet heus wel wat er aan de hand is. Jelle wil niet naar bed. Jelle wil nooit naar bed.

"Nou logeert Minke hier en wil hij nóg niet," zegt moeder. "Ik breng Minke naar bed. Doe jij Jelle maar."

"Oké" zegt vader. Hij loopt naar de speelhoek en pakt een grote bruine beer. "Zo, Brom, ga je met mij mee?" zegt hij. Vader neemt hem mee de trap af, naar beneden waar de slaapkamers zijn.

"Brom, brom, brom," zegt vader met een zware stem, terwijl hij op de trap stampt. "Ik ben op zoek naar een boot. Mmm, ik heb zo'n zin om naar een eiland te varen! Heel ver weg! Brom, brom."

Vader ziet, dat Jelle achter de slaapkamerdeur wegschiet, maar hij loopt samen met Brom gewoon langs hem heen. "Ha, daar zie ik een boot," zegt Brom enthousiast. Hij springt boven op Jelles bed. "Aha, daar ga ik mee varen. Wie weet vind ik wel een schat op een eiland! Of zie ik dolfijnen in de zee!"
"Mag ik ook mee?" roept Jelle ineens. Hij komt naar het bed.
"Nee," schudt Brom. "Weg jij! Geen jongens met vieze schoenen; alleen jongens in pyjama met schoongepoetste tanden mogen aan boord." Jelle aarzelt. Minke is ondertussen ook beneden en begint snel haar kleren uit te trekken.
"Ik vertrek over twee minuten," zegt Brom.

Jelle rent weg, naar de douche, en heeft binnen twee minuten zijn tanden gepoetst en zijn pyjama aan.
"Já!" roept hij, terwijl hij bij Brom op bed springt.

"Mag ik ook mee?" vraagt Minke.
"Tuurlijk," antwoordt de beer. "Zo," zegt Brom, "Jelle, wil jij de kapitein zijn? Dan moet jij sturen."
Jelle doet alsof hij een stuur vastpakt en draait met zijn handen. Brom staat op de rand van de boot. "Ah, kapitein, kijk daar!" zegt hij. Ik zie iets bewegen. Zouden het dolfijnen zijn?"
"Nee," zegt Jelle. "Het is een monster!"

Vader zit op de rand van het bed en pakt nog een knuffel van Jelle vast. De aap.

"Ik zie het al," zegt Brom de Beer. "Het is het kietelmonster! Kapitein, wegvaren, snel! Snel!"

Jelle draait wild aan het stuur, maar Aap, het kietelmonster komt aan boord.

"Ja, kieteluh!" roept Aap met hoge stem. Hij springt bovenop Jelle.

"Ja, kietelen!" roept Minke enthousiast.

"Néé!" lacht Jelle. Hij spartelt op zijn bed, maar Aap blijft hem kietelen. En Minke helpt ook een handje.

"Brom, help me!" roept Jelle. "Hellup!"

Vader laat Brom naar Aap toe komen en hij duwt Aap wild over de rand van het bed.

"Het kietelmonster ligt in het water, kapitein!" zegt hij. Ook duwt Brom Minke van Jelle vandaan tot achter op de boot.

Jelle komt overeind. "Goed gedaan, Brom," zegt hij.

"Zo," zegt Brom. "Ik ben nu wel erg moe. Ik gooi het anker uit en we gaan lekker eerst een nachtje slapen." Brom gaapt om te laten zien hoe moe hij is. Jelle aarzelt.

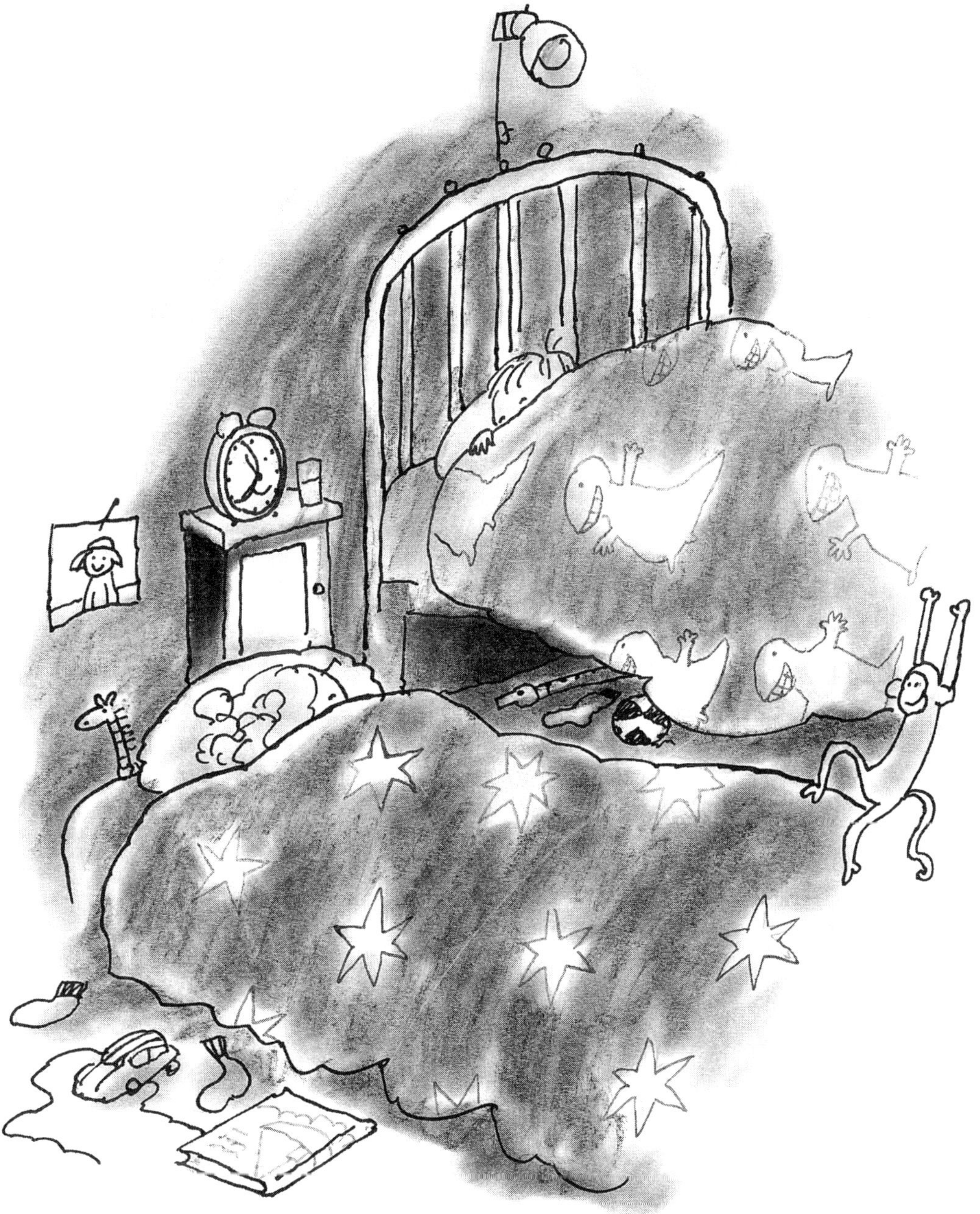

"Maar dan gaan we morgen weer op reis, hè?!" Hij kijkt zijn vader vragend aan.

"Ja, dat doen we. Gaan we naar een onbewoond eiland. Misschien vinden we wel een schatkist of lekkere kokosnoten."

"Nee, een zak chips," zegt Jelle. Zijn ogen beginnen te stralen.

Vader schudt glimlachend het hoofd. "Een zak chips op een onbewoond eiland. Dat kan toch niet."

"Jawel hoor," vindt Jelle. "Die is daar gewoon aangespoeld. Wij hebben toch ook flessen op het strand gevonden!"

"Kapitein, je hebt helemaal gelijk," zegt vader. "Nou, kruip eronder en droom maar alvast wat we gaan vinden."

Jelle pakt snel Aap van de vloer, zet hem aan het voeteneind en kruipt dan zelf onder zijn dekbed. Hij kijkt naar zijn vader en Minke.

"Welterusten allemaal," zegt hij tevreden.

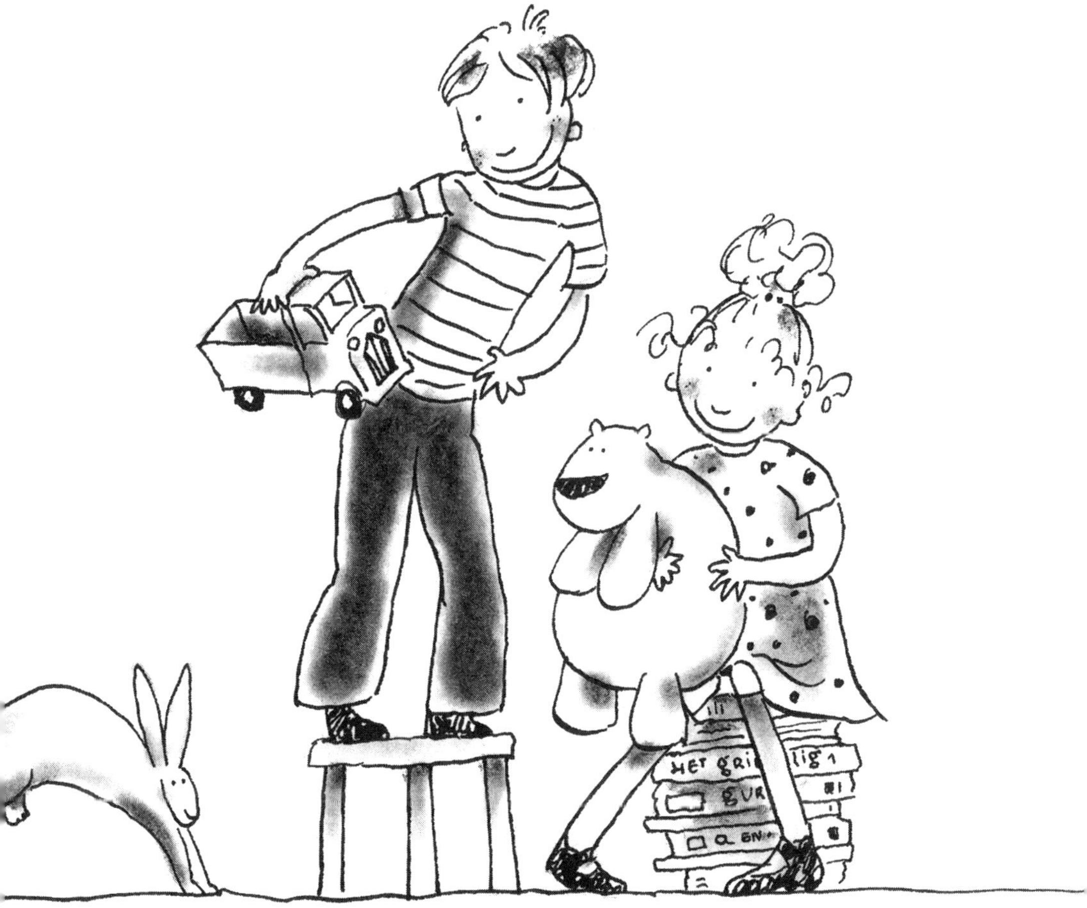